Klaus Modick erzählt von einer Liebe, die nichts wurde, von einer kurzen Liebe, von einer verbotenen, von einer, die am Ende angekommen ist; und von einer Liebe, die sich unendlich fortzusetzen scheint.

Klaus Modick, geboren am 3. Mai 1951 in Oldenburg (Oldenburg), studierte Germanistik, Geschichte, Kunstgeschichte, Philosophie und machte 1977 das Staatsexamen für das Lehramt an Gymnasien. 1980 promovierte er mit einer Arbeit über Lion Feuchtwanger. Er arbeitete als Kellner, Werbetexter, Lehrbeauftragter für Literatur und als Redakteur. Seit 1982 ist Klaus Modick freier Schriftsteller. In der Reihe der rororo-Taschenbücher liegen von ihm vor: eine «anspielungsreiche, ironisch erzählte Urlaubsgeschichte», die «manches von dem Witz und dem Charme und der Leichtigkeit Tucholskys hat» (Süddeutsche Zeitung): der Roman «Ins Blaue» (Nr. 5871); die grüne Novelle «Moos» (Nr. 5907) mit ihrer «zärtlichen Wissenschaft, die in ihrer Schönheit ... wahre Kunst ist» (Neue Zürcher Zeitung); der «Romanverschnitt» «Weg war weg» (Nr. 12869), «eine rasante, urkomische, geistreiche Parodie auf den vielgehätschelten Zeitgeist namens Postmoderne» (WAZ); der «große und schöne Roman» (NDR) über die Geschichte eines Bildes «Das Grau der Karolinen» (Nr. 12938) sowie das von ihm herausgegebene Lesebuch über die Glücks- und Schreckmomente des Rausches: «Traumtanz» (panther Nr. 5806). Klaus Modick lebt in Oldenburg.

Klaus Modick

Privatvorstellung

Sieben
Liebesgeschichten
nebst einem Essay
Über das Glück

Rowohlt

Veröffentlicht im Rowohlt Taschenbuch Verlag GmbH,
Reinbek bei Hamburg, Februar 1993

Umschlagillustration: Jan Rieckhoff
Umschlagtypografie: Walter Hellmann
Satz Excelsior (Linotronic 500)
Gesamtherstellung Clausen & Bosse, Leck
Printed in Germany
790-ISBN 3 499 12831 4

Inhalt

Privatvorstellung

«Forse un giorno il cielo
cora sentirá pietá di me!»

Da Ponte / Mozart *Don Giovanni*

«I'm your private dancer
A dancer for money
I'll do what you want me to do
I'm your private dancer
A dancer for money
And any old music will do.»

Mark Knopfler *Private Dancer*

Mein Freund, der Schriftsteller L. D. wohnt bekanntlich in M., so daß sich unser Kontakt in der Regel auf schriftliche Korrespondenz beschränkt, was wohl auch, nebenbei bemerkt, für uns eine angemessene Umgangsform darstellt. Wir sehen und sprechen uns also nur selten, und ich war verständlicherweise sehr erfreut, als L. D. vor einigen Tagen im Rahmen der Lesereise, auf der er sein neues Buch vorstellte (einen, wie ich finde, hinreißend pessimistischen, fast zynischen Liebesroman), in einer hiesigen Buchhandlung auftrat. Ich hatte ihn natürlich eingeladen, bei mir zu übernachten, und wir waren nach dem üblichen Frage-und-Antwort-Spiel mit den etwa fünfzig Zuhörern («Haben Ihre Figuren Vorbilder in der Wirklichkeit?» – «Können Sie von Ihren Büchern leben?» – «Inwieweit sind Ihre Texte autobiographisch?» – etc.) bald in meine Wohnung gefahren.

Bei Rotwein, Zigaretten und einem von L. D. kunstvoll gedrehten Joint (wer seine Bücher aufmerksam liest, ahnt vielleicht, welche anregende Funktion diese Substanz für seine Texte hat) tauschten wir uns über unsere Arbeit aus.

Sein neuer Roman, sagte ich ihm, gefalle mir sehr, obwohl ich mit der Kernaussage persönlich nicht übereinstimme, laute diese doch: Daß wir in Wahrheit nur die Frauen lieben, die uns unerreichbar bleiben – oder jene, die uns verlassen.

Lächelnd nickte er vor sich hin und erwiderte, daß er wisse, wie glücklich ich verheiratet sei und daß mir insofern der fast fatalistische Fluchtpunkt seines Erzählens fremd bleiben müsse. Mit einem meiner Bücher sei es ihm umgekehrt übrigens ähnlich ergangen, weil die, wie er sagte, dort noch einmal wiederholte «Dichtersünde» Gottfried Kellers, nämlich «süße Frauenbilder zu erfinden / wie die bittere Erde sie nicht hegt» (ob meine Frau gar nicht eifersüchtig auf diese Gestalten meiner Vorstellung geworden sei?), wiederum mit seiner Idee der Behandlung von Liebesdingen in der Literatur nicht übereinstimme.

Dennoch, fuhr er nach einer kleinen Pause fort, seien unsere beiden Positionen durchaus nicht so unvereinbar, wie es auf den ersten Blick scheine. Im Gegenteil habe er sogar erst vorgestern eine Erfahrung gemacht, in der sich Unerreichbarkeit und Vorstellung von Nähe in einer Weise durchdrungen hätten, wie er es sich bislang nie und nirgends habe träumen lassen. Wenn ich Lust und Geduld hätte, einer fabelhaften Begebenheit zuzuhören, die einem reisenden Schriftsteller zugestoßen sei, wolle er gern erzählen.

Nichts lieber als das! freute ich mich und schenkte meinem Freund ein weiteres Glas nach.

Bevor er trank, roch er genießerisch an dem roten Spiegel, als erinnerte ihn der Duft flüchtig an irgendwo vergeßne, leise Lust, lehnte sich tiefer in seinem Sessel zurück und begann.

Vorgestern habe ich in B. gelesen. Es war wie immer. Vielleicht war das anschließende Gespräch etwas ergiebiger als sonst, weil unter den Zuhörern eine ältere Dame saß, die kritisch, doch sehr klug über meine Texte urteilte.

Die Liebe zu einer Person, die diese Liebe nicht oder nicht mehr teile, sagte sie, führe zur Permanenz des flüchtigen Erlebens. Und dies sei das Prinzip der ewigen Wiederkehr, die sich in der Liebe als der Versuch äußere, die beiden widersprüchlichen Pole des Glücks miteinander zu verbinden: Das der Dauer, der, wenn man so wolle, Ewigkeit, und das des Noch-Einmal.

Mit diesen Worten im Kopf machte ich mich zu meiner Unterkunft auf, einem schäbigen Hotel im Bahnhofsviertel. Es regnete dünne Fäden, ich fühlte mich zerschlagen und leer, zweifelte, ob die 500,– DM Honorar diese Exhibition meiner selbst wert seien, als plötzlich mein Blick auf ein Poster fiel, das an einer trüben Plakatwand klebend für die «*Private Dancer Tour*» der farbigen Rocksängerin Tina Turner warb. Ich erinnerte mich daran, daß der veranstaltende Buchhändler vorhin einen matten Witz darüber gerissen hatte, daß dies heutige Konzert in seinem offensiven Sex kaum Konkurrenz für die subtile Erotik eines Dichters sein könne. Da das Konzert erst um Mitternacht beginnen sollte, überlegte ich einen Augenblick lang hinzugehen, aber dann trug mich die Müdigkeit doch direkt ins Hotel.

Der Nachtportier sah nicht von seinem Kreuzworträtsel auf, als er mir den Schlüssel aushändigte. Ich stieg durch ein enges, düster-stickiges Treppenhaus in den zweiten Stock, wo mein Zimmer am Ende des Ganges lag. Schockartig überfiel mich ein Gefühl, das jeder kennt, der unzufrieden, doch mit von Übermüdung wachen Sinnen ein Hotelzimmer betritt: Hier bist du allein, dachte ich, und der Raum ist durchwebt von unzähligen Umarmungen fremder Menschen, die durch dies Zimmer gekommen sind. Man kann es riechen. Es ist der Geruch der Lust, der sich, unüberdeckbar durch Bohnerwachs, in der Atmosphäre dieses Raumes eingenistet hat, und selbst frische Laken vertreiben ihn nie vom Bett. Er steckt in den Tapeten, im billigen Teppichboden, strahlt sogar vom Spiegel und den Fensterscheiben ab. Ein Aroma, das Verliebte in ihrer Leidenschaft anfeuert, als wüchsen ihnen tausend Arme, tausend Zungen, tausend Glieder. Die Sinne all derer, die sich hier je geliebt haben, geben sich ein aufdringliches Stelldichein, fließen zusammen in Körperhöhe über dem durchgelegenen Bett, auf das ich ungewaschen und bekleidet fiel. Ich starrte gegen die schmutziggraue Decke, Fliegendreck am Lampenschirm, öffnete meine Hose und versuchte zu onanieren, aber in meinem Kopf gab es keinen Raum für erotische Phantasien, so daß ich mich lustlos wieder losließ, einige Seiten E. T. A. Hoffmann las, den ich vor kurzem für mich entdeckt hatte, und schließlich, um Schlaf zu finden, einen Joint rauchte.

Das grelle Pfeifen einer Verstärker-Rückkopplung

weckte mich. Ein Baß dröhnte dumpf, ließ das Bett untergründig vibrieren, unrhythmische Schläge auf die Pauke eines Schlagzeugs, ein klarer, hoher Riff von einer elektrischen Gitarre, E-Dur, ein voller Akkord vom elektrischen Klavier. Ich rieb mir die Augen. Sollte ich im sanften Rausch…?

Nein, ich liege auf dem Bett dieses Hotelzimmers und höre deutlich, daß in unmittelbarer Nähe eine Rockband ihre Instrumente stimmt. Ich greife zum Zimmertelefon.

«Was ist das für Musik? Gibt es ein Konzert hier im Haus?»

«Tut mir leid», brummt deutlich genervt der Nachtportier, «aber unser Haus liegt direkt Wand an Wand mit einem ehemaligen Kino. Da ist jetzt leider so 'n verdammter Musik-Club drin. Weil unsere Gäste bei diesen elenden Mitternachtskonzerten natürlich nicht schlafen können, haben wir mit dem Management des Clubs vereinbart, daß unsere Gäste sich diese Shows kostenlos ansehen dürfen. Wenn Sie Lust dazu haben…»

«Wer spielt denn?» frage ich.

«Keine Ahnung. Irgend so 'ne Negerband, schätz ich», mault der Portier, als nebenan krachend *River Deep, Mountain High* einsetzt. Und dann, nach den ersten paar rasenden Instrumentaltakten, die Stimme, ihre Stimme.

«Und ob ich das sehen will!» brülle ich ins Telefon. «Wie komme ich da rüber?»

«Bleiben Sie oben», sagt er. «Ich komm rauf und zeig Ihnen den Ehrenplatz, haha.»

Er kommt die Treppe hochgeschlurft, sieht mich wieder nicht an, wendet sich auf dem Gang plötzlich gegen die Wand, drückt dagegen, sie gibt nach – eine Tapetentür. Ich finde mich seitlich über der Bühne in einer kleinen Loge des ehemaligen Kinos, aus dem das Gestühl entfernt ist. Unten im Parkett drängt sich das Publikum, soweit ich sehen kann, ausschließlich Männer, Männer jeden Alters. Seltsam, denke ich, daß auch so alte Knacker kommen...

Und über die Bühne tobt tatsächlich Tina Turner, scheinwerferbefingert, lichtbeleckt, vom kompakten Sound der Gruppe wie in ein tönendes Korsett gesteckt. Der Portier ist lautlos verschwunden, die Tapetentür hinter mir geschlossen. Ich setze mich auf das Rot des verschlissenen Samts des Kinosessels, fahre mir mit der Hand über die Augen, aber es ist kein Traum.

Die dunklen Haare fliegen, die aufreizend roten Lippen, die weiß strahlenden Zähne im dunklen Gesicht, das weiße, kurze Lederkleid mit dem tiefen Ausschnitt, in den ich von oben besseren Einblick habe als alle anderen Konzertbesucher, der im Rhythmus vibrierende, nicht sehr große Busen, und jetzt, da sie sich mit dem Rücken zum Publikum dreht, der Brennpunkt, ein himmlischer Hintern, als ob aus einer Strahlenpyramide blitzende Funken flögen. Und durch den Sturm der Instrumente leuchtet ihre Stimme, Blitze, Töne, wie aus Metall gegossen, starr und zugleich auf dem Schmelzpunkt: «*Can't buy me love, love, love!*» Das ist die alte Melodie, derselbe Rhythmus, tausendmal gehört aus verschiedenen Mündern, und doch klingt es heut nacht neu, noch einmal neu und erregend anders. Denn die, die es singt, singt sich selbst, singt nicht bloß irgendeinen Evergreen herunter. Ihr ganzer Körper, ihr ganzes hektisches Leben ist Musik, und plötzlich verstehe ich, daß sie manches in ihr, was keine Worte aussprechen, nur tanzend und singend begreifen und ausdrücken kann. Sie weiß das, aber ihr Publikum begreift nichts. Alle Arme recken sich nach diesem Körper, und doch werden und dürfen sie ihn nie berühren. Das ist die Spielregel. Während sie ihren Auftritt absolviert, so routiniert, daß es spontan wirkt, scheint es, als schlafe sie mit jedem einzelnen dort unten, und jeder einzelne fühlt sich gepackt, wie sie nun mit den rotlackierten Fingernägeln über den Ständer des Mikrophons streicht und ihre Lippen über den Mikrophonkopf stülpt und singt und stöhnt und leckt und singt. Sie alle haben ihren Eintritt bezahlt, alle außer mir, und es kommt mir so vor, als meine die Frau ausschließlich mich, als lüde jede Drehung und Zuckung ihres Körpers mich ein, nach der Show auf sie zu warten. Ich werde kommen, verspricht sie mir, und um sich für den Flirt mit dem gaffenden Publikum zu entschuldigen, singt sie als Zugabe ihr Lied von der Privat-Tänzerin, die sie für jeden zu sein vorgeben muß, singt über die Männer, die hierherkommen und alle gleich sind, gleich aussehen, singt, daß diese Männer ihr unmenschlich vorkommen, eine Herde gieriger Schwänze, und während sie das singt, denkt sie an ihre Gage und schlägt ein letztes Mal die Augen zur Loge empor, zu mir. Ein warmer Hauch gleitet über mich hinweg, mein Körper bebt. Unwillkürlich schließe ich die Augen und fühle ihre Lippen auf den meinen, ihre geschmeidige Zunge, aber der Kuß ist der wie ewig ausgehaltene, nicht enden wollende, unerreichbare Ton des Schlußakkords.

Dann ist es vorbei. Der Saal leert sich rasch.

Schweißgeruch, vermischt mit Rauch, schwängert die Luft. Die Scheinwerfer verlöschen. Eine schwere Tür fällt ins Schloß. Dumpfer Hall…

Ich finde den Weg durch den schwarzen Gang zurück in mein Zimmer, in dem mir eng war und schwül und der Schlaf nicht zurückkommen wollte. Ich glaubte, leise Geräusche von hochhackigen Schuhen aus dem Kinosaal zu hören. Und rief da nicht sogar eine Stimme meinen Namen?

Mit ausgestreckten Händen, denn jetzt ist es stockdunkel, taste ich mich in die Loge zurück. Im Saal glüht als letztes Licht rot die Kontrollampe eines Verstärkers, den man vergessen hat auszuschalten. Zugluft durchschneidet den Raum, bewegt die Dunkelheit. Dicht hinter mir ein zarter, zugleich wilder, warmer Hauch, ein Geruch, gemischt aus leichtem Parfum, Wildleder und Schweiß, als ob ein Seewind salzig weit ins Land gekommen sei und hier seine Kraft verloren hat. Und dann, keine Worte drücken mein Erstaunen aus, ihre kehlige Stimme nah an meinem Ohr.

«Schön, daß du gewartet hast.»

Ich fühle die Notwendigkeit, etwas zu antworten, und kann doch meine wie durch ein schönes Entsetzen gelähmte Zunge nicht rühren. Ich greife nach dem Feuerzeug in meiner Jackentasche, zünde es, ihr Mund, ein Abgrund, direkt vor meinem Gesicht, flüstert: «Kein Licht», und verzieht sich im Verlöschen der Flamme zu einem ironischen Lächeln, in dem ich gespiegelt bin und meine alberne Figur erblicke. Endlich, unter größter Anstrengung und doch wie unwillkürlich fahren die Worte aus mir heraus: «Wie ist es möglich, daß du gekommen bist?»

Sie antwortet, und obwohl ich nicht verstehe, was sie sagt, sind die Worte wie Gesang, und jede Modulation erregt mich so stark, daß mein Herz rast, meine Pulse stärker schlagen, meine Hände feucht werden und das Blut in meinem Schwanz pocht. Ich bin in einem Schwebezustand. Nachtwandle ich? Sie flüstert hastig weiter. Ich verstehe, daß sie nicht für das Publikum singt, sondern in Wahrheit nur für sich selbst, daß sie die Rolle der ewig lüsternen Frau so oberflächlich trage wie das winzige Bühnenkostüm, daß sie in ihrer Musik sich selber begreifen wolle, aber um sie herum bleibe immer alles tot, leer und kalt, und wenn das Publikum ihren Körper und ihre Stimme beklatsche, dann griffen Finger aus Eis in ihr Herz.

«Aber du», verstehe ich auf einmal jedes einzelne Wort, «du verstehst mich, denn ich weiß, daß du die Liebe kennst, die uns fernbleiben muß.»

«Wie? Du kennst meine Bücher?»

«Ich kenne dich», sagt sie. «Ich habe dich in der Loge gesehen. Ich habe gesehen, wie du mich angeblickt hast. In deinen Augen war der verzauberte Wahnsinn unerfüllbarer Liebe. Und der unterscheidet sich völlig von der bewußtlosen Gier, mit der mich sonst das Publikum erdrücken will. Ja», und hier nennt sie mich beim Vornamen, «ich habe umsonst für dich gesungen. Und jetzt will ich *dich* singen, so wie deine Worte und Gedanken sonst *ich* sind.»

Etwas gleitet als warmer, elektrischer Strom über mich hin. Wieder dieser leicht salzige Geruch und ein seliges Gefühl, das ich nur in Tönen ausdrücken könnte. Alle Wünsche und Erregungen, die sie in anderen ausgelöst hat, in vielen Jahren, in unzähligen Shows, in immer gleichen und doch immer anderen Wendungen ihres Körpers und ihrer Stimme, bündeln sich in mir. Der Luftzug im Saal wird stärker. Er bewegt am Schlagzeug die Muschel eines Beckens. Ein hohes Sirren. Wie auf Flügeln anschwellender Töne spüre ich, wie ihre Hände wieder den Ständer ergreifen und an ihm auf- und abfahren, und endlich singt sie nur für mich, singt mich, und ihre Lippen schließen sich über der Spitze und ihre Zunge formt Laute, die zu beschreiben selbst *River Deep, Mountain High* nur ein blinder Spiegel ist.

Lustlos drang eine matte Sonne durch dreckige Scheiben und weckte mich. Das Fenster wies auf einen verwahrlosten Hinterhof, ein paar Mülltonnen, eine traurige Kastanie, die vergeblich versuchte, ihre Krone über die Dächer zu recken. Ich fand mich, wie ich mich am Abend aufs Bett gelegt hatte, bekleidet, verschwitzt. Selbst das Buch lag noch aufgeschlagen neben dem Kopfkissen. Angestrichen hatte ich die Stelle: «Mag der Traum meinen Geist, wenn der Schlaf den Körper in bleiernen Banden festhält, den ätherischen Gefilden zuführen!»

Ich mußte lächeln, griff meine Sachen und ging hinunter. Der Nachtportier war von seinem Tageskollegen abgelöst worden, der mir ein überraschend freundliches «Guten Morgen» zuwarf. Er zeigte mir den Frühstücksraum. Vier oder fünf andere Gäste verloren sich an den Tischen. Ein Küchenmädchen servierte.

«Bitte», fragte ich sie gähnend, «hat die Musikgruppe auch hier im Hotel übernachtet?»

«Welche Gruppe?» Sie sah mich verständnislos an.

«Na, die Gruppe, die das Mitternachtskonzert im ehemaligen Kino nebenan gegeben hat.»

«Nebenan gibt's kein Kino», sagte das Mädchen. «Nebenan ist eine Autowerkstatt, in der manchmal auch nachts gearbeitet wird. Und auf der anderen Seite ist bloß der Supermarkt.»

«Aber», wollte ich etwas erwidern, doch sah ich im skeptischen Blick, mit dem das Mädchen mich musterte, daß es besser sein würde zu schweigen.

Er schwieg, trank einen langen Zug Rotwein. Ich fragte ihn, ob er die Geschichte bereits aufgeschrieben habe. Er schüttelte den Kopf, sagte, er wolle sie ungeschrieben lassen, da sie sonst für ihn jeden Reiz verlöre. Ich wisse ja, daß er grundsätzlich nicht von sich selbst schriebe.

Ich überlasse sie dir, gähnte er. Schreib sie auf, wenn's dir Spaß macht. Und nun nimm's mir nicht übel, wenn ich schlafen gehe.

Ich zeigte ihm sein Zimmer, wünschte gute Nacht und sagte im Hinausgehen, daß bei uns nebenan garantiert keine Musik zu hören sein würde.

Ich glaube, sagte er, schon im Bett liegend, diese alten Kinosäle sind überall dort, wo Leute wie ich einschlafen.

Am Parktor

Das Ticken der Standuhr aus der Diele (Erbstück von Tante Dora) ist jetzt so deutlich zu hören, daß es keinen Zweifel mehr gibt. Alle müssen eingeschlafen sein. Der Vater schnarcht, die Mutter trägt Ohropax, und den Hund müßte man sowieso erst wecken, bevor man ihn zum Bellen bewegen könnte. I look at the world and I notice it's sleeping, entschlossen schlägt er die viel zu warme Steppdecke zurück, zieht den unmöglich gestreiften Pyjama aus (du erkältest dich sonst), den er von nun an nicht mehr, nie mehr tragen wird, und fährt in die mit zahlreichen Flicken veredelten Jeans (zu unserer Zeit hätte man sich für Flicken geschämt). Er streift das grüne T-Shirt über, von dem sie einmal gesagt hat, er sähe darin aus wie Paul McCartney auf dem White-Album-Foto, obwohl er doch John Lennon viel besser findet. Egal jetzt, will I wait a lonely lifetime, if you want me too I will. Dies T-Shirt hab ich angehabt, als ich dich zum ersten Mal gesehen habe, von hinten hab ich dich da stehen gesehen, I saw her standing there. Drei oder vier Reihen vor mir, und du hast deine schmalen Hüften im Rhythmus der Musik bewegt, dein Hintern in den sehr engen Jeans. Über deine Schultern tanzten deine Haare, blond und lang, und die Gruppe spielte Runaway, my little runaway, run run run run runaway. Auf einmal hast du dich umgedreht. Du hast meine Blicke auf deiner Schulter gespürt, hast du später gesagt. Und du hast mich angelächelt, daß ich geschmolzen bin, like ice in the sun I melt away, und zugleich erstarrt. Would you believe in a love at first sight? Yes I'm certain that it happens all the time. Die knarrenden Parkettstücke am Fußende des Betts, Agenten der elterlichen Ohren, umschleicht er in respektvollem Abstand, respect just a little bit, und tritt ans Fenster, das angelehnt ist, stößt es lautlos auf. Seine hölzernen Flügel weisen in die Nacht, nights in white satin never reaching the end, letters I've written never meaning to send. Der Geruch eben aufgebrochener Rosen strömt ihm so mächtig entgegen, daß er fast fürchtet, die anderen müßten davon erwachen. Aber nein. Beinah mitleidig lächelnd schüttelt er den Kopf. Erwachen können von solchem Duft nur die, die wirklich wissen, was Liebe ist. Er weiß es, weil er weiß, daß sie es weiß, und weil sie wissen, daß die anderen es nicht wissen, oder so ähnlich. Er drückt die blaue Sporttasche gegen seine Brust, gegen das Kettchen mit dem Medaillon mit ihrem Bild, Ausweis, Zahnbürste, Wäsche zum Wechseln (Wäsche wechseln, nichts ist wichtiger als frische Unterwäsche, Junge), einen Pullover, falls es kühl wird. Mehr braucht er nicht für die paar Tage, die sie brauchen werden, love is all you need, it's easy. Schade, daß die Gitarre zu Haus bleiben muß; er streicht mit der Hand über ihre Rundungen, ein leises Schwingen. Über den kühlen Heizkörper klettert er aufs Fensterbrett und läßt sich fallen, ins Freie. Der dumpfe Ton des Aufpralls auf dem nachtfeuchten Rasen, den regelmäßig zu mähen seine Aufgabe ist (im Haushalt hat jeder seine Aufgabe) und den zu mähen er seit Tagen verschwitzt hat (und zum Friseur mußt du auch ganz dringend) – der dumpfe Ton des Aufpralls wie ein Paukenschlag von Ginger Baker. Do what you like, do what you like, do what you like, das übertönt noch das Pochen des Bluts in seinen Ohren, das Pochen, das jetzt da ist und das er sonst hört, wenn er nachts schlaflos auf dem Kissen liegt und an dich denkt. Du liegst jetzt auch wach und wartest, I am waiting, I am waiting, o yeah, o yeah, waiting for someone to come out of somewhere. Erste zögernde Schritte auf den Zaun zu, auf Zehenspitzen. Nach einigen Metern wagt er in gebückter Haltung, der Haltung des Zuhauseseins, vorsichtig mit dem ganzen Fuß aufzutreten. Immer im Schatten der Büsche und Bäume, im Bogen um den verräterischen Kies des Wegs (schon wieder nicht geharkt) herum, bis das Gartentor, wie immer nur angelehnt, wie immer müde knarrend, hinter ihm ist, I feel free, I feel free, you, you're all I want to know, we'll move like the sea, I feel free. Und dann beginnt er zu laufen, cause I'm a roadrunner, baby. Frühling und Nacht mischen sich in seine Nase, dazwischen Blütenduft und Geruch frisch gemähten Grases aus den geometrischen Vorgärten. Das riecht wie dein Parfum, nein, wie deine Achselhöhle, nein, wie dein ganzer Körper, wenn wir..., because there's something in the air. Das Geräusch seiner Tennisschuhe auf dem festen Klinker beginnt zu federn, little feet are always running away from home, do you hear that sound? Sein regelmäßiger Atem, die langstreckentrainierte Gewißheit, so immer weiter laufen zu können, bis zu dir, bis zum Bahnhof, bis nach Calais, bis hinüber nach London, Swinging London. They seek him here, they seek him there, in Regent Street and Leicaster Square, aber sie werden uns nicht finden, nicht in London. Laufen, laufen, die Luft strömt durch ihn hindurch, die Nacht ist hell, schweben, fliegen, eight miles high, signs in the streets. Den Grund nicht mehr zu berühren, die Sonne nicht zu sehn, nothing left to do but run run run, let's run, let's run! Das Haus liegt hinter mir, der Mond schwimmt ruhig durch die Schatten der Bäume, wilde Brise in meinem Gesicht, come on baby, run with me, let's run. Das Haus ist immer zu warm. Die Zimmer sind alle zu voll. Plüsch, Plunder, Stil, Dreck. Die schrecklichen roten Ledersessel (vorsicht, von Tante Dora!). Nothing left to do but run run run, ich bin auf dem Weg, auf meinem Weg, auf dem Weg zu dir. The long and winding road leads me to your door, gleich hinter der nächsten Straßenecke, über die Kreuzung noch, in der Nacht sind alle Ampeln aus, liegt es, das Tor zum Hintereingang des Schloßparks. Zwei schwere Flügel, massives Schmiedeeisen, Iron Butterfly. Kann es einen besseren Treffpunkt geben? Kein Haus in der Nähe, aus dem man uns beobachten kann, und die nächste Straßenlaterne so weit, daß ihr Licht kaum die Gitter streift. Rhododendron quillt üppig durch die Stäbe, Äste von großen Kastanienbäumen nicken hinüber. Hier haben wir uns zum ersten Mal verabredet und getroffen. Drei Tage nach dem Rockkonzert, an dessen Ende du mir deine Telefonnummer gegeben hast. Was für ein herrlicher Schlußakkord. Es war die Telefonnummer (nein, sie ist nicht da, wer spricht denn da bitte?) deiner Eltern, klar, your mother should know. Das war im letzten September. Altweibersommer, sagte mein Vater. Du hast dein hellblaues Minikleid angehabt (trägt deine Freundin immer so leichte Fähnchen?), walking in the park. Zur Begrüßung haben wir uns schüchtern die Hände gegeben. Und dann haben wir sie den ganzen Nachmittag nicht mehr losgelassen. Sie wurden heiß und feucht und schmolzen ineinander. Das war mir etwas peinlich, aber I want to hold your hand. Auf der Bank hinterm Gärtnerhäuschen mit dem eingefallenen Dach und den moosigen Ziegeln habe ich dich geküßt, and then I kissed her, oder du mich. Oder wir uns. Deine Beine waren ganz braun. Vom Freibad, hast du gesagt. Ich hab meine Hand auf deine Knie gelegt. Beim Oberschenkel hast du meine Hand weggeschoben, aber du hast es nicht richtig ernst gemeint mit dem Wegschieben. Das hat doch noch Zeit, hast du geflüstert, zwischen zwei Küssen und time is on my side. Zum Abendbrot mußtest du wieder zu Hause sein. Und ich (um Punkt halb sieben wird gegessen) natürlich auch. Da steht er am Tor, erhitzt, sein Atem geht schnell, regelmäßig wie das Schlagzeug von Charlie Watts. Die Turmuhr schlägt, langsam, bedächtig, regelmäßig wie die Standuhr zu Hause. Er zählt ihre Schläge, obwohl er weiß, daß er genau eine Stunde zu früh ist. Und du liegst wach, die ganze Nacht, so wie ich eben noch wach gelegen habe, und lauschst in die Wohnung hinaus, wartest darauf, daß im Haus deiner Eltern die Lichter ausgehen und die Geräusche verstummen. Dann wirst du den langen düsteren Flur entlangschleichen, am Schlafzimmer deiner Eltern vorbei, und die Wohnungstür wird leise hinter dir ins Schloß schnappen. Die Treppen hinunter, zwei, drei Stufen auf einmal, und um die Ecke, she's leaving home, bye bye. Er tastet nach den Bahnfahrkarten in seiner Jackentasche. Um vier Uhr zehn geht der Zug, take me to the station, and put me on a train, I've got no expectations, to pass through here again. Morgen früh werden wir schon in

Belgien sein und mittags in Calais. Bis dahin bringen uns die Fahrkarten. Und von dort an brauchen wir keine Fahrkarten mehr, sondern Tickets, she's got a ticket to ride. Von Calais geht's rüber nach Dover, many rivers to cross, von Dover weiter nach London. Dort eine Nacht im Hotel, zusammen eine Nacht im Hotel, wie in Filmen, wie auf Platten, let's spend the night together, now I need you more than ever. Was wirst du tragen? Was wirst du anhaben, um es dir von mir ausziehen zu lassen? Take off your clothes let me see what it is that you're hiding. Den engen türkisfarbenen Pullover, unter dem sich dein Busen abzeichnet? Ja, bitte zieh diesen Pullover an. Du hast ihn auch getragen, als wir endlich miteinander schliefen. Was für ein dummes deutsches Wort dafür. Making love, das trifft's und klingt, why don't we do it in the road? Deine große Schwester hat lange gezögert, bis sie dir die Pillen besorgt hat. Aber schließlich hat sie sie besorgt, and though she's not really ill, there's a little yellow pill, und da war die Angst weg (komm mir bloß nicht mit 'nem Kind nach Haus / laß dir bloß kein Kind anhängen). Die andere Angst war nur ganz klein, und es hat auch gar nicht weh getan, hast du gesagt, vielleicht ein kleines bißchen, und nur ein paar Tropfen hellrotes Blut auf dem Handtuch, the first cut is the deepest, baby I know. Eigentlich haben wir beide vom ersten Mal nichts gehabt, nichts gespürt, es ging viel zu schnell. Wir haben zu lange drauf warten müssen, I'm so tired, tired of waiting, tired of waiting for you, aber dann wurde es schöner mit jedem Mal, immer schöner, it's getting better all the time. Bis zu dem einen Mal, vor vier Wochen. Meine Eltern sind verreist, übers Wochenende, hast du gesagt. Und meinen Eltern hab ich erzählt, ich fahr übers Wochenende zu Walter, für die Französischarbeit pauken. Es sollte unser Wochenende werden, unser Wochenende im Bett. Unsere Sachen lagen auf dem Fußboden, alles durcheinander, dein türkisfarbener Pullover über meinen Jeans, mein T-Shirt unter deinem Slip, meine Hände auf deiner Brust, deine Zunge in meinem Mund, deine Beine um meinen Rükken, und das Nachmittagslicht, das durch die Jalousien kommt, streichelt dein Gesicht. Unser Schweiß fließt ineinander, und ich zerfließe in dir, wild thing you make everything movin', und auf einmal drehst du die Augen zur Tür, irgendein Geräusch, deine Augen starr, und alles verkrampft sich. Und ich kann grad noch sehen, wie die Klinke der wieder verschlossenen Tür leise, böse, drohend vibriert. Mein Vater, stammelst du, mein Gott! Sie müssen zurückgekommen sein. In die Klamotten gefahren, Sekunden nur, ich konnte meine Unterhose in der Eile nicht finden; am nächsten Tag hat sie euer Hund, dieser Scheißdackel, unterm Bett hervorgezerrt und deiner Mutter vor die Füße gelegt, als sie gerade in der Küche Spargel schälte. Hinterher haben wir uns kaputtgelacht, aber damals war's nur Schock und Angst und Krampf. Wir raus auf den Flur, wirre Haare, schweißbedeckt, Hemden aus den Hosen – und da stehen sie in einer Rächerreihe aufgebaut: Dein Vater, deine Mutter, der dämliche Köter kläfft mich auch noch an. Guten Tag, Stefan, sagt deine Mutter schön scheinheilig spitz und reicht mir die Hand. Guten Tag, Frau Frings, sag ich, guten Tag, Herr... Wir haben die Heringe vergessen, sagt deine Mutter, und ich denk, leck mich am Arsch, die kommen wegen der Rollmöpse zurück. Die Heringe fürs Zelt, zischt dein Vater, sieht mich vernichtend an und brüllt: Gott sei Dank haben wir sie vergessen! Kind, ach Kind, flüstert deine Mutter, daß du uns so enttäuschst, why could she do this to me? Und ich verdrück mich, doch bevor ich aus der Tür bin wieder dein Vater: Mit deinen Eltern haben wir noch ein Wörtchen zu reden, du, du... Er hat mit meinen Eltern geredet, und wie. Was für ein Affentheater, too much monkey buisiness. Mit Mädchen sich rumtreiben, aber die Schule schleifen lassen. Don't know much about history, don't know much about biology, kein Wunder, daß du in Mathe 'ne Fünf hast, don't know much about a science book, Versetzung gefährdet, Vorabitur gefährdet, Französisch mit Hängen und Würgen, don't know much about the french I took, kein Wunder, wenn du mit Mädchen, also wenn du, na du weißt schon... but I do know that I love you. Aber in Englisch hab ich 'ne... Englisch, Englisch, das kommt bloß von deinen Beatles oder wie die alle heißen. Eben, eben. Was heißt hier eben eben? Werd jetzt bloß nicht auch noch frech. Und peng! Ohrfeige. Er hat sich's tatsächlich noch getraut, kann froh sein, daß ich nicht... Die kleine Frings, die schlägst du dir ganz schnell aus dem Kopf. When I woke up this morning, you were on my mind. Verführung Minderjähriger ist das. Bist selber man gerade erst achtzehn. Und sie? Wie alt ist sie überhaupt? Sweet little seventeen... Achselzucken. Antworte gefälligst! Alt genug. Und noch 'ne Ohrfeige. Wir lieben uns aber! Liebe! Ha, das wird ja immer schöner. Mach erst mal Abitur. Liebe... Mutter, hast du das gehört? Your mother should know, aber sie zog den Kopf ein. Und von dem Tag an war's immer die gleiche Platte:

Hey, you've got to hide your love away. Here I stand head in hand turn my face to the wall, die Stirn gegen das kühle Rosenornament des Parktors gedrückt. Mit beiden Fäusten umklammert er stilisierte Ranken, angerostetes Eisen, hundert Jahre alt oder älter, hart, bröckelnd. Schwerer Fliederduft schlägt über ihm zusammen, herangetragen von der Dunkelheit, blackbird's singing in the dead of night. Ein Schlag von der Turmuhr, eine halbe Stunde ist um, I'm gonna wait at the midnight hour. Jetzt müßten auch bei dir alle schlafen. Du schlägst vielleicht grad die Decke weg und ziehst dich an. Das Grün des Parks ist heut nacht versunken wie unter einer weichen Decke aus Schwarz. Grün, ja. Von London dann nach Gretna Green. Rolf Hollmann sagt, es geht ruckzuck. Gültiger Personalausweis reicht. Wartefrist höchstens drei Tage. Pensionen gibt's jede Menge am Ort, die haben sich drauf eingestellt. Und ein paar Tage in 'ner Pension ist auch nicht schlecht; von mir aus kann's acht Tage, dauern, eight days a week is not enough to show I care. Von überallher kommen die jungen Paare, viele Deutsche, noch mehr Franzosen und Italiener. Sie kommen wie wir, verliebt, und sie gehen verheiratet. Und sind sicher. Die deutschen Behörden müssen die Heirat anerkennen, das ist ja der Trick. Sagt Rolf Hollmann wenigstens, hat er irgendwo gelesen. Stimmt das eigentlich? Wieso müssen die das anerkennen? Wird schon stimmen. Verheiratet ist verheiratet. In a couple of years they have built a home sweet home, with a couple of kids running in the yard, na, so weit ist es aber noch nicht. Das hat Zeit. Wir haben ja die Pille. Wovon werden wir dann eigentlich leben, außer von der Liebe?

Abitur ist geschenkt, klar, aber irgendeinen Scheißjob, bloß um die Miete zu zahlen? Fabrik womöglich? Oder Verkaufsfahrer für Sprudel? Well he gets up in the morning and he goes to work at nine, and he comes back at home at five thirty, jeden Tag das gleiche? Wir haben ja noch nicht einmal eine Wohnung, für die ich die Miete verdienen könnte. Ob sich so was von selbst findet? Vielleicht mußt du auch was arbeiten. Verkäuferin? Schrecklich, außer im Plattenladen. Nein nein, kommt nicht in Frage. Ich mach das Geld. Jeden Tag das gleiche, takes the same train every time. Walter meint, auch die Liebe wird mal weniger. Kann ich mir nicht vorstellen, nicht die mit dir. Oder wär das doch möglich? Dies Gefühl, das manchmal auftaucht wie graue, einsame Wolken im Sommerhimmel, you've lost that loving feeling. Verheiratet ist verheiratet. Da gibt's auch keine Flirts mehr. Überhaupt nicht mehr? Nicht mal mehr mit Anne aus der Parallelklasse? Neulich in der Disco, du durftest nicht kommen, Mathearbeit oder so was, hab ich mit Anne rumgeknutscht. Schon, ja, ich hätt's dir sagen sollen. War nicht so wild. Ich sag's dir auch noch, wenn du gleich kommst. Oder morgen, oder in London im Hotel. Es war irgendwie schön, das mit Anne. Nein, natürlich nicht so schön wie mit dir. Irgendwie aber anders. Kann ich gar nicht beschreiben. Ist doch auch egal. Ja, natürlich lieb ich nur dich. Nein, das ist nichts mit Anne. Ist das wirklich nichts? Ja, gut, sie gefällt mir. Jeden Tag das gleiche also, his world is built on punctuality it never fails. Ich jobbe und du – ja, was machst du eigentlich den ganzen Tag? Sitzt zu Hause, wartest, daß ich komme und schälst Spargel? Nein, das kann es doch nicht sein, will you still need me, will you still feed me, when I'm sixty-four? Tja, weiß ich nicht so recht. Kann man auch jetzt doch noch gar nicht sagen. Verheiratet ist verheiratet, klar. Man kann sich notfalls ja wieder scheiden lassen, oder? Jobben, Kinder in ein paar Jahren, du mit Lockenwicklern und ich ohne Abitur. Und also auch ohne Architekturstudium. Scheiße. Und jede Menge Krach, Stunk, Streit mit den Eltern, mit deinen, mit meinen. Die geben uns keinen Pfennig und kein Stück Möbel. Ob Papa mich enterbt? Wahrscheinlich. Das könnte meinem Bruder so passen, da wartet der nur drauf. Kommt nicht in Frage, nein. Und wenn wir mal die Miete nicht zahlen können, was dann? Muß ich dann meine Gitarre verkaufen? Oder auch noch meine Schallplattensammlung?! Um Gottes willen! Second hand shop, das ist das Letzte. Das kannst du nicht von mir verlangen. Das ist das Ende, this is the end, my only friend the end, of our elaborated plans, the end, nein nein nein, so geht das nicht. Wir müssen noch mal über alles nachdenken, über alles reden. Vielleicht hat das Standesamt in Gretna Green auch grad Ruhetag, wenn wir ankommen? Seine Hände ziehen an der schweren Kette des Vorhängeschlosses, mit dem das Tor zum Park nachts gesichert ist. Er zieht, er rüttelt, nichts bewegt sich. Die Flügel stehen schwer und schwarz in der Nacht. Kein Fußbreit, kein Zentimeter. In wenigen Minuten mußt du um die Ecke kommen. Wie soll ich dir das bloß alles erklären, try to see it my way, do I have to keep on talking till I can't go on? Du mußt mir das nicht übelnehmen, jeder kann sich ändern, this old wind of change is blowing. Es geht nicht, noch nicht, heut nacht geht es jedenfalls überhaupt nicht, we can work it out, we can work it out. Langsam löst er sich vom Tor, als ob seine Hände Magneten wären, langsam, schwerfällig. Er trottet nach Haus. Once there was a way to get back homeward, über den Dächern lichtet sich die Nacht, ein roter Schein, und im Hellerwerden verliert die Frühlingsnacht ihren Duft. Das Pflaster der Gehwege hart, die Straßenlaternen grell, und als er das Haus seiner Eltern vor sich sieht, beginnen die ersten Vögel zu schrein, blackbird's singing in the dead of night, take this broken wing and learn to fly. All your life, you were only waiting for this moment to be free, aber er kommt zurück, durch den Keller wie ein Dieb, durch die Küche wie ein Hund, über die knarrenden Parkettstücke vor seinem Bett, es ist egal. Niemand hört ihn kommen. Die Standuhr auf dem Flur tickt leise. Auf seinem Bett liegt die Morgensonne und spreizt sich. In zwei Stunden Schule, Mathematik, Französisch, Michelle, ma belle, sont les mots qui vont très bien ensemble, très bien ensemble, oder wie oder was? Das Klappern des Geschirrs aus dem Eßzimmer. Seine Mutter richtet das Frühstück an. Es schmeckt ihm nicht. Du siehst müde aus, übernächtigt. Hast du so lange für die Mathearbeit gepaukt? Er nickt. Na bitte, sein Vater hinter der Zeitung, du packst das doch. Er packt seine Tasche. Die Schulstunden, sonst zäh wie ausgekaute Wrigleys, fliegen an ihm vorbei. Vor dem letzten Klingelzeichen fürchtet er sich. Sonst sehnt er sich danach. Denn nach dem letzten Klingelzeichen wird er sie sehen. Sie wird auf ihn warten, wo sie immer auf ihn wartet. Du wirst mich vorwurfsvoll ansehen, mit verweinten Augen, as tears go by. Warum hast du mich da stehen lassen, wirst du sagen, mitten in der Nacht am Parktor, an unserm Tor? Warum hast du mir das getan? Ring ring goes the bell, und dann steht sie schon vor ihm und weicht seinem Blick aus, seinem tapferen Blick. Und er weicht ihrem Blick aus, ihrem mutigen Blick, und sie geben sich keinen Kuß. Ich... stottert er. Tut mir leid, sagt sie. Laß mich erklären, sagt er jetzt fest, we can work it out. Sie berührt seine Hand. Es ging nicht, sagt sie, und da sind die Tränen, es ging einfach nicht. Aber... er will ja alles erklären, try to see it my way. Ich bin nicht gekommen, sagt sie, weil, als ich wach lag und über alles nachgedacht hab, da... Du bist nicht gekommen? Er fällt ihr noch einmal um den Hals, lacht und lacht. Sei mir nicht böse, sagt sie. Laß uns über alles nachdenken. Wir brauchen Abstand und... don't think twice it's allright. Ja ja, sagt er, während sie nebeneinander hergehen, laß uns über alles nachdenken, und etwas Abstand and it's all over now baby blue. Ich muß zum Mittagessen, sagen beide wie aus einem Munde. Und kein Kuß zum Abschied. Über alles nachdenken. Plötzlich denkt er an Anne. Vielleicht ist sie...? Ob sie ihn verstünde? Er dreht sich noch einmal um. Sie ist klein geworden in der Entfernung, und es sind doch nur wenige Schritte. Er leckt sich die trockenen Lippen, a love that should have lasted years...

Für Bernhard Lassahn

Karneval

Das war wie immer in diesen Tagen, Nächten. Das schwindende Tageslicht brachte die Einsamkeit hervor. Wieder verfiel er in sein ermüdendes Denken im Kreise, betastete fahrig die altbekannten, wirkungslosen Möglichkeiten, aus seinem Selbstmitleid, seiner stilisierten Einsamkeit auszubrechen. Aber dann sah er sich wieder im Sessel sitzen, leidend, weil er wußte, daß er litt, und all die Lieder und Geschichten, die solchen Schmerz besingen, die solchem Schmerz entstammen, durchzogen seinen Kopf. Das alles galt nun ihm. Das eigenartige Gefühl, das sentimentaler macht als jeder andere Schmerz, dies lustvolle Erleiden seiner selbst überkam ihn hemmungslos.

Ich stehe, hatte er gestern, stolz über die Formulierung, stolz auf die Poesie des Leidens, in sein Tagebuch geschrieben, ich stehe also am Grabe verfaulter Hoffnungen und kehre wieder und wieder träumend in die Tage zurück, wo diese Hoffnungen noch blühten, noch machbar schienen. Und wieder und wieder, hatte er notiert, rufe ich mir die naiven Gedanken zurück, mit denen ich mir eine Zukunft mit H. ausmalte. Wie immer aber wurde die Lust am Leiden schnell gefressen vom Leiden, die Pose der Einsamkeit demaskiert von der Wirklichkeit des schweigenden Alleinseins, der leeren Wohnung, dem nun viel zu breiten Bett.

Ich muß, hatte er an einem andern Tag notiert, etwas tun, muß aus dem Haus und aus mir selbst hinausgehen.

Aber was? Aber wohin? Nichts war ihm recht, nichts bot sich an. Von überallher, wie immer, summten die kleinen, so unendlich wirksamen Wenns und Abers an ihn heran, die elenden Entscheidungs-Saboteure, die listigen Spontaneitätsvernichter; sie kamen aus ihren Löchern und Verliesen, aus Winkeln seines Gehirns, und flüsterten ihm ihr ewiges «sinnlos, sinnlos» zu. Schnell begann wieder die Angst ihre schleimige Kriechspur zu legen, die Angst vor dieser Nacht, einer von den viel zu vielen, in der wieder mal der Schlaf nicht kommen würde. Seltsam, dachte er, oder hatte ein anderer das gedacht, und nun war es eben in seinem Kopf?, seltsam, nichts macht mir mehr Angst als die Einsamkeit, und die Angst vor der Einsamkeit ist es, die meine Einsamkeit hervorbringt.

Er warf Rettungsanker aus, die bisweilen Grund fanden im Morast seines Trübsinns; wanderte mit den Augen die Reihen der Bücher ab, blieb hier und da hängen, wollte zugreifen, aufschlagen, im Kopf eines anderen sich verlieren, aber immer wirbelte wie Schlamm und aufgewühlter Sand eine unruhig fließende Dumpfheit ihn weiter, und all diese sorgsam errichteten Molen und Dämme aus Gedanken und schönen Worten boten keinen Widerstand gegen das rasch schwellende Sehnen nach einer Zärtlichkeit, die nicht zwischen zwei Buchdeckeln, nicht auf eine Schallplatte gepreßt war. Er durchstöberte seine Plattensammlung, desinteressiert und ziellos, denn nichts dieser Töne, Klänge hatte etwas mit dem zu tun, was er wirklich wollte. Aber was er eigentlich wollte, wußte er wirklich nicht mehr. Mechanisch legte er eine Platte auf, *Saragasso Sea.* Mechanisch präparierte er eine Zigarette mit einer starken

Dosis Haschisch. Mechanisch sog er den süßlichen Rauch tief durch seine Lungen, stieß ihn langsam wieder zurück in den Raum, der sich zu weiten begann. Doch diese Flucht des Raumes war nicht selig, nicht tröstlich wie sonst, sondern prostituierte sich, indem sie allem Gewesenen diente und Erinnerungen heraufschwemmte an Tage, unendlich glücklich und endlos zeitlos. Diese Nacht aber behielt ihre Zeit, grünlich tikkend. Saragasso Sea, eine unübersehbare grüne Masse, schlingernd treibend dampfend im Kreise, ohne Richtung, ohne Ziel. Aale laichen da, nachdem sich Männchen und Weibchen fanden auf ihrem langen Weg dorthin. Sich finden. Jemanden finden am Wege, auf dem langen Weg. Er dachte plötzlich daran, daß immer noch Karneval war, lachte lautlos in sich hinein, verachtete sich wegen dieser Gedanken an organisierte Fröhlichkeit, maskierte Masken, marktartige Kontakte, ekelte sich vor diesem Brummkreisel der vor sich selbst fliehenden Seichtheit. Er öffnete die Balkontür, ließ kalte frostige Schneeluft ins Zimmer strömen. Rauch schwang hinaus in die Schwärze. Er trat auf den Balkon, ein leichter Schwindel, der Blick über die weißen Dächer. Er atmete tief. Die Wölkchen seines gefrierenden Atems taumelten tanzend in die Nacht.

Du könntest einen Spaziergang machen, einfach nur gehen, die Füße spüren im Schnee. Du solltest das ausnutzen. Wann schneit es schon mal in dieser Stadt, in der die Jahreszeiten verschwinden, zerfahren werden. Los jetzt! Jacke anziehen. Stiefel. Zigaretten einstekken. Feuerzeug. Ausweis dabei? Identität? Lächerlich. Hausschlüssel? Alles klar. Heizung also runterstellen, Lichter löschen.

Die Tür fiel hinter ihm ins Schloß. Er taumelte die Treppen hinunter. Wie mein Atem. Wie schön. Die Straßen sind weg. Überall nur der weiche weiße kühle Teppich. Er fühlte sich leichter mit jedem Schritt. Seine kreisenden Gedanken rutschten in die Beine, wurden von ihnen abgeschüttelt, fielen in den Schnee, verloren sich in seiner Fußspur. Immer noch fiel Schnee, deckte seine Grübeleien, seinen geistigen Unrat gnädig zu. Der ihm fast zur Unkenntlichkeit bekannte Weg ist heute nacht anders, die kurze Strecke ins Uni-Viertel erscheint mir als endlose Wanderung. Eine Expedition. Ich höre Schlittenhunde bellen. Werde ich es je schaffen? Verdammt. Das letzte Depot ist verschneit. Aber, Gott sei Dank, da hinten, ein Licht. Es könnte das Lager sein. Ob die Kameraden noch leben? Ich muß meine letzten Kräfte mobilisieren. Das Schneetreiben wird stärker, aber ich bin zuversichtlich. Du schaffst es, Junge. Du wirst leben. Du wirst den Weg finden. Und du wirst jemanden finden, der den Weg mit dir geht.

Er öffnete die Kneipentür. Eine Wolke von Rauch und Bierdunst floh ihm entgegen ins Freie. Seine Phantasien sackten augenblicklich in sich zusammen. Ein angestochener Luftballon. Verloren in der Schneenacht. Er setzte sich, einen Kaffee, einen doppelten Cognac, steckte sich eine Zigarette an. Die Zivilisation hat mich wieder. Aus den Lautsprechern Musik. Sie spielen Captain Beefheart, *Happy Love Songs*. Ein Schmerz kam zurück, das Gefühl, nicht wahrgenommen, nicht gesehen zu werden, aus Glas zu sein und keinem Blick ein Ziel zu werden. Er sehnte sich nach einem Gegenüber, nach einem Händedruck im Vorübergleiten. Selber hoffnungslos verschlossen blinzelte er in den rauchigen Raum, in leere, kalte Gesichter, Masken, deren Lächeln er für erlogen hielt. So falle ich schon seit Monaten durch die nächtlichen Straßen. Nirgends ein Halt, nirgends ein Wort oder Lachen, Lächeln, ein einziger Blick nur, der mir gilt in Sehnsucht oder auch nur in Neugier. Nirgends. So schlich er, ein Phantom, ein Mann der Menge, durch seine Nächte, Tage, floh vor der Einsamkeit, denn das Mit-sich-selbst-Sein produzierte seine Angst und seine immer gleichen Selbstgespräche.

Tschüs nich! Wir gehn zu der Faschings-Fete. Zwei vom Nebentisch entwichen, durch die Tür drang wieder ein Schwall der Nacht. Karneval, ach ja. Er hatte schon einmal daran gedacht, vielleicht vor einer Stunde. *Happy Love Songs*. Warum nicht Karneval? Vielleicht ist das nicht schlecht jetzt. Karneval. Vielleicht triffst du jemanden, der als Fritjof Nansen geht, oder als Scott, oder als Schlittenhund. Zahlen.

Es hatte zu schneien aufgehört. Die Autos gewannen schon spielend die Schlacht mit dem Schnee. Die Straßen tauchten aus dem grauen Matsch. Das Gehen war wieder ekelhaft wie immer, wenn nicht schlimmer. Auf dem Campus blieb der Schnee noch liegen. Am Rande des zugefrorenen Bassins sitzend rauchte er eine Zigarette, grün im Tabak, süß im Mund. Von der Mensa drang Musikgemisch des Festes herüber. Leute hasteten fröstelnd vorbei. Die Zigarette ging aus. Die Wirkung bildete eine Hülle um seinen Körper, ein Etui, einen Panzer, unter dessen Schutz ihm das Gewimmel leicht erträglich vorkam.

So ging er los, zahlte den Eintritt, gab seine Jacke an der Garderobe ab, stieg in den Wirbel des Festes. Alles flog an ihm vorbei. Die Menschen. So also feiern die

Menschen? Die Musik. Das also ist heute *in*? Die Masken. Aber es gelang ihm nicht zu unterscheiden, wer maskiert war und wer nicht. War er maskiert? Er sah an sich hinunter. Jeans, blauweiß gestreiftes Hemd, silberner Armreif am rechten, die Uhr am linken Handgelenk. Das war sie, seine Larve. Wie sah er aus? Wie sahen ihn die Leute? Niemand schien ihn zu beachten, aber er schlug selber kaum den Blick auf. Ihm fiel dies indianische Sprichwort ein, «a smile that you send out will return to you». Er sah hoch, versuchte Frauen zuzulächeln. Der Versuch mißlang. Er lächelte nur mit den Augen. Der Rest des Gesichts blieb starr, blieb Maske. Er lächelte nicht, sondern amüsierte sich gequält am Amüsement der anderen. Er war nun da, aber zugleich auch ganz woanders. Aber wo, wußte er nicht. Eine Band begann Country-Rock zu spielen, Männermusik, dachte er. «Yesterday is dead and gone, and tomorrow out of sight, let the devil take tomorrow, help me make it through the night.»

Die Musik ist auf dem falschen Fest. Ich bin auf dem falschen Fest. Die Italienerin da drüben ist auf dem falschen Fest. Ist die eigentlich maskiert? Oder ist die so, wie sie ist? Egal, sie ist auf dem falschen Fest. Genau wie ich. Sie strahlt etwas aus. Sie hat was. Irgendwas Gelassenes. Nicht diese fiebrig-nervöse Geilheit, nicht diese Schöntuerei. Da ist doch ein Punkt. Ich setze mich einfach auf den Stuhl hinter sie. Wenn ich die Augen schließe, kommt mir der Haschisch wieder in den Kopf. *Good Vibrations*. Ja. Da ist etwas. Sie müßte, sie könnte, sie wäre vielleicht. Help me make it through the night.

Guten Abend.

Wie bitte?

Guten Abend!

Sie schlägt den Blick auf. Sie kann das noch. Sie lächelt. Seltsam. Ich lächele ja auch. Vielleicht ist sie keine Italienerin, sondern eine Indianerin. A smile that you send out... Sie kommt gerade von einem anderen Fest. Ihre Stimme klingt fern. Also ist sie wirklich auf dem falschen Fest. Eine Tür geht auf.

Seine Angst schien weggeschwemmt. Alles, was sie sagte, stieß in ihm auf Resonanz. Alles, was er sagte, schien sie in sich aufzunehmen. Die Peinlichkeit, die solchen Momenten anhaftete, wenn er sie hervorrufen wollte, blieb ganz aus. Ihm war, als würden sie sich seit Jahren kennen. Er verstand, was sie sagte. Sie lächelte.

Was geht hier vor? Ich bin bekifft. Na und? Vielleicht deshalb? Oder trotzdem? Egal doch.

Komm, laß uns ein Glas Sekt trinken.

Sie stießen mit den Gläsern an. Ihre Hände bewegten die Gläser aufeinander zu, wieder zurück, führten sie zu den Lippen. Zwei Paar. Das Klingen der Gläser. Gemeinsames Schlucken. Er trank ungern Sekt. Er schmeckte ihm herrlich. Sie sprachen. Sie kannten sich schon lange. Sie tanzten. Er tanzte schlecht und ungern. Es machte ihm riesigen Spaß. Es ging sehr leicht.

Sie hat etwas in mir eingerissen, du bist hinreißend. Sie lacht sehr natürlich. Help me make it through the night. Wie wird es sein, wenn wir uns küssen? Ich habe keine Vorstellung, aber es wird großartig sein. Zart und fordernd, ängstlich und tief, schüchtern und selbstbewußt, schamhaft und geil.

Sie küßten sich. Alles war, wie er gedacht hatte, aber da war noch ein Mehr. Er fühlte etwas, von dem er dachte, er hätte es endgültig verloren. Es meldete sich zurück, durchzog langsam warm und rieselnd seinen Körper. Es war das Gefühl glücklicher Stärke, in der das Selbstmitleid vergeht. Schnee in der Sonne.

Plötzlich wollte sie nach Hause. Zu meinem Freund. In Ordnung. Müde bin ich auch. Wenn sie mit mir schlafen würde, wäre das so unglaublich schön, daß es mehr als selbstverständlich ist, daß sie es nicht tut.

Die Taxe veränderte die Atmosphäre. Plötzlich waren sie wieder allein, zu zweit allein und meilenweit voneinander entfernt. Die Galgenfrist lief. Das Ticken des Taxameters, die Sekunden rannen aus. Unsere Gemeinsamkeit stirbt. Im Viertel sah die Einsamkeit böse aus den Fensterlöchern. Schnee und Frost hatten sie nicht vertrieben. Vor seiner Haustür hockte sie, ein dumpfes drohendes Tier.

Tschüs du. Sie fuhr mit der Taxe weiter. Zu ihrem Freund.

Ihre Telefonnummer in seiner Tasche stach wie eine Nadel. Oben angekommen verbrannte er sie im Aschenbecher.

Ich hatte, schrieb er in sein Tagebuch, als der Morgen durch seine Fenster brach und die Flasche Cognac leer war, eine Nadel im Heuhaufen gefunden. Leider gehörte sie jemand anderem. So tauchen Menschen vor uns und wir vor Menschen aus dem Dunkel der nächtlichen Meere, erblicken einander aus plötzlicher Nähe, schon wissend, es ist nur ein Vorüberziehen wie Wolken über den Mond. Bald werden die Konturen unklar, verschwimmen im Dunst des Vergessens, und vor uns liegt wieder die Leere, die Wellen des gleichmäßigen Immerwiedernichts. Die Schönheit bunter Seifenblasen. Die

Positionslichter unseres Aussehens, unserer Ansichten, Gefühle, Vorurteile sind blinkend aufgesteckt, damit wir uns nicht rammen, uns nicht zugrunde richten. Die Nebelhörner unserer Stimmen geben uns Nachricht und Warnung zugleich. Und gleiten wir nicht manchmal so dicht aneinander vorbei, daß wir glauben, über die Reeling greifen zu können? Ein flüchtiges Streifen der Hände, ein zärtliches leises Wort. Und schon vorbei, verweht. Nie wieder.

Als er erwachte, brach die Dämmerung herein. Das war so wie immer in diesen Tagen, Nächten.

Beförderungen

1.

Der Frühling ist diesmal plötzlich gekommen! Vor einer Woche hat überall noch Schnee gelegen, schmutzig-grau zwar schon, aber immerhin Schnee. Dann kam der Regen, drei oder vier Tage lang, fast ununterbrochen, erst kalt und stürmisch, aber vorgestern ist er ganz sanft und lau geworden. Und endlich, seit gestern, ist die Sonne da, steht schon so hoch, und alles verschwimmt in einem glasigen Blau. Handschuhe und Mütze hat er heute zum erstenmal zu Hause gelassen, den besorgten Mahnungen seiner Mutter zum Trotz; und ist es nicht wirklich ein prachtvolles Freiheitsgefühl, den milden Wind im Gesicht zu spüren, der ihm die Haare aus der Stirn weht? Peter Florandt sperrt Nase, Ohren und Augen auf; in der Luft liegt schon Duft von treibendem Gras, und als sich dieser Duft mit dem Geruch des verbrannten Gemischs durchdringt, das aus dem knatternden Auspuff seiner Velo-Solex quillt, fühlt er sich wie Peter Fonda und Dennis Hopper in Personalunion, wenn nicht noch besser – vor dem schrecklichen Ende, versteht sich!

Er biegt mit elegant-riskantem Schwung vom Theaterwall ab. Das rotgeklinkerte Schulgebäude verschwindet aus dem Rückspiegel und damit die Erinnerung an die Mathematikarbeit, die er gerade hinter sich gebracht hat.

With a little help from my friends , singt er in sich hinein, aber was soll's? Er hat sie hinter sich – und zwar gar nicht so übel. Das Abitur kann kommen, er hat keine Probleme, und heute sowieso nicht. Heute stimmt einfach alles, irgendwie! Wenn er sich dabei nicht albern vorkommen müßte, könnte er jetzt vor Glück laut schreien, irgendwas, aber dafür ist er wohl doch schon zu alt.

Es ärgert ihn nicht einmal, daß der Motor nun schon wieder zu stocken beginnt, wie schon vorhin auf dem Weg zur Schule. Er kennt das, fast liebt er es. Zündkerze verrußt, Preis des Frisierens, natürlich, immer die alte Leier. Und dann ist es auch schon vorbei mit dem herrlichen Fahrtwind, denn die Solex steht. Scheiße. Doch selbst, wie der Mann eben ist – und heute besonders –, greift er sich mit geübten Händen aus der Satteltasche Drahtbürste und Kerzenschlüssel, montiert, reinigt, montiert.

Weiter geht's, und wieder fliegt ihm das Pflaster entgegen. Fünfminutensache, und diese fünf Minuten wird Birgit wohl noch auf ihn warten können, auch wenn sie immer so superpünktlich zum Mittagessen zu Hause sein muß. Am Wochenende aber werden ihre Eltern verreisen, und dann haben sie endlich wieder zwei ganze Tage zusammen, und vor allem Nächte, allein. Seinen Eltern hat er es auch schon erzählt, daß an eben diesem Wochenende das große Handballturnier in Wilhelmshaven stattfände, und er freue sich schon mit der ganzen Mannschaft auf den Sieg, an dem kein Zweifel bestünde. Sein Vater hat ihn zwar halb skeptisch, halb amüsiert angeblinzelt, aber gesagt haben beide nur wie im Chor: «So? Na ja.»

So! Na ja! Er ärgert sich. Behandelt wird man wie ein Kleinkind. Mit achtzehn! Was Birgit nicht alles hat einstecken müssen, bis ihr schließlich ein fortschrittlicher Arzt die Pille verschrieben hat. Demütigend, zum Kotzen! Aber nicht mehr lange, weiß Gott, nicht mehr lange dies duckmäuserische Sichanpassen. Spätestens in einem halben Jahr ist er in Hamburg an der Uni, und in spätestens anderthalb Jahren wird Birgit nachkommen. Was sein Bruder nicht alles für tolle Geschichten erzählt, wenn er ab und zu vom Studienort zu Besuch kommt. An den Universitäten brodelt und gärt es, die spießige Doppelmoral des Establishments gerät unter Druck. Ha! Selbst bis hier, in die kleine, verschlafene Provinzstadt, schwappen Wogen des Aufruhrs, gebrochen und zahm zwar, doch Ahnungen großer Ereignisse schwingen herüber. Angesichts solch hochpolitischer Brisanz erscheint es ihm fast zweitrangig, daß er irgendwann mit Birgit wird schlafen können, wann und wo immer sie wollen.

Und nun ist er auch schon am Treffpunkt, der Schülerkneipe *Easy Rider*, die prompt auf den Frühling reagiert und die ersten Stühle und Tische ins Freie gestellt hat. An einem sitzt Birgit und lacht ihm winkend entgegen. Er stellt sein Mofa gewissenhaft ab und geht auf sie zu.

«Du bist spät», sagt sie mit gespieltem Vorwurf.

Statt einer Antwort tippt er ihr mit seinem ölverschmierten Zeigefinger auf die Nase. Da ist nun ein Fleck.

«Entschuldige», sagte er.

Sie lachen. Sie umarmen sich.

2.

Es kam selten vor, aber heute hatte er sich das Ende der Vorlesung schon nach zehn Minuten herbeigesehnt, so stickig und schwül kroch der Spätsommer durch den Hörsaal. Professor Nußmann vorn am Pult hatte alle drei Minuten ein großkariertes Taschentuch gezückt und sich mit leidender Miene die Schweißtropfen von der Stirn gewischt, schließlich ein Einsehen mit sich und seinen Studenten gehabt und in «Anbetracht der Witterung und des bevorstehenden Wochenendes» den Vorschlag zur Abstimmung gebracht, die Vorlesung vorzeitig zu beenden. Obwohl diese Form der Beifallsäußerung durchaus abgeschafft war, hatte das Auditorium fast geschlossen auf die Tische geklopft und damit Nußmann wehmütig an vergangene Zeiten und Riten erinnert, nach denen nicht nur er sich zurücksehnte, obwohl er der letzte gewesen wäre, dies laut zu sagen.

Draußen stand die Luft. Kein Blatt bewegte sich. Es roch nach Gewitter, doch am Himmel zeigte sich nicht das kleinste Wölkchen. Peter Florandt öffnete seinen Uralt-VW, 200 DM ohne Garantie, auf der rechten Seite, denn die Fahrertür war schon von Anfang an verklemmt gewesen. Die Büchermappe warf er auf die Rücksitze und kletterte, leise aufs Wetter fluchend, über den Schaltknüppel hinweg hinters Lenkrad. So unrecht hatte der Bursche vom TÜV auch wieder nicht gehabt, als er bei der letzten Vorführung Florandts Wagen fast mitleidig als «Kasperbude» bezeichnet hatte. «Wohl Student, wie?», und dabei hatte er ihm etwas mißtrauisch ins bärtige Gesicht gesehen. Wie angeekelt er schließlich die Plakette hatte rausrücken müssen! Florandt grinste, zündete sich eine Zigarette an.

Hauptsache, die Kiste läuft. Man muß nur erst mal reinkommen.

Er fuhr los. Birgit würde sich freuen, daß man nun früher als geplant nach Timmendorf würde fahren können; ihm aber war das ganze Wochenende an der Ostsee zuwider. Zwar war er entschlossen, die dringend aufzuarbeitende Literatur mit an den Strand zu nehmen, aber von konzentrierter Arbeit konnte dann keine Rede mehr sein. Andererseits konnte er Birgit dies Wochenende unmöglich abschlagen; dreimal schon hatte er es ihr versprochen, und immer war in letzter Sekunde etwas dazwischengekommen. Asta-Arbeit, Büchertische während der Infowoche, Bäumlers Vortrag, dies und jenes eben. Und schließlich steckte er bis zum Hals in der Niederschrift seiner Dissertation. Die war ihm im Laufe der Zeit, bei und trotz aller hochschulpolitischen Aktivität, zum Zentrum seines Tuns und Denken geworden; erst recht, nachdem Nußmann ihm eine Assistentenstelle in Aussicht gestellt hatte, sollte die Arbeit halten, was Nußmann sich davon versprach. Das hatte böses Blut mit Florandts Genossen gegeben, galt Nußmann zwar nicht gerade für reaktionär, so doch allemal für scheißliberal.

Komplizierter waren jedoch die Folgen für Florandts Beziehung zu Birgit. Sein politisches Engagement hatte sie noch hingenommen, teils, weil sie von dessen Notwendigkeit überzeugt war, teils resignierend, weil *er* auf dem Standpunkt stand, daß eine Zweierbeziehung ein emotionaler Privatspaß sei, der sich den großen und eigentlichen Zielen unterzuordnen habe.

Florandt ließ die linke Hand aus dem heruntergekurbelten Seitenfenster hängen, aber auch der Fahrtwind nahm nicht den Druck von seinem Kopf. Zur Zeit kam es aber auch knüppeldick; die Arbeit mußte fertiggestellt werden, deine heilige Dizzy, wie Birgit eifersüchtig daherredete, die Genossen durften nicht völlig verprellt werden, und irgendwie mußte er auch noch Birgits Ansprüche nach einer befriedigenden Beziehung ernst nehmen. Schwer genug war es ihm gefallen, aus der Wohngemeinschaft mit den drei Genossen auszuziehen, um mit Birgit in diese bürgerliche Drei-Zimmer-Wohnung überzusiedeln, aber es hatte sich gezeigt, daß dieser Umzug auch seine positiven Aspekte gehabt hatte. Zwar ging ihm Birgit nun stärker und häufiger auf die Nerven, mit ihrem kleinbürgerlichen Gerede von Kindern und Heirat, aber andererseits hatte er nun mehr Zeit für seine Arbeit und stand vor allem nicht länger unter der enervierenden ideologischen Aufsicht der Genossen.

Die konnte er beim besten Willen jetzt nicht gebrauchen, denn Nußmann verlangte keine Analysen verflossener Arbeiterkämpfe, keine pamphletistische Politökonomie, sondern sachlich saubere Betriebswirtschaftsforschung. Das war Nußmanns Bedingung, auf die Florandt einging, sein Gewissen damit beruhigend, daß diese Art der Anpassung ein strategischer Kompromiß sei, der ihm später, hatte er die Assistentenstelle erst mal sicher, emanzipatorische Einflußmöglichkeiten schaffen würde.

Er saß im Moment zwischen den Stühlen, und Kopfschmerzen hatte er auch. «Karrierist, opportunistischer!» schrien die Genossen. «Unsensibler Chauvinist» maulte Birgit zu Hause. Gott sei Dank, in einigen Monaten würde die Arbeit geschafft sein, alles würde einfacher, besser, alles würde seinen Gang gehen. Jetzt also war er erst mal auf dem Weg zu Birgit, die sicherlich schon mit gepackter Reisetasche auf ihn wartete. Und vielleicht war es gar nicht so übel, mal zwei Tage am Strand zu liegen und an alles mögliche außer an die Volkswirtschaft zu denken. Seine Stimmung wurde besser, fast freute er sich.

Gleich war er da, noch zwei, dreihundert Meter. Schon begann er, nach einer freien Parklücke Ausschau zu halten, als plötzlich ein metallisches Knirschen und Schütteln vom Motor herdrang. Der Wagen lief noch einige Meter lautlos von selbst, ruckte, gab keine Geräusche mehr von sich, stand. Stand und bewegte sich nicht.

Scheiße! sagte Florandt, stieg aus und öffnete mit spitzen Fingern die Motorhaube, aus der dunkler Qualm drang. Er fummelte einige Minuten lustlos im Motorraum herum, aber er wußte, daß hier nichts mehr zu machen war. Zumindest nicht für ihn; ein Fachmann mußte her, aber der war nun, Freitag nachmittag um drei Uhr, natürlich nicht mehr zu bekommen.

Er ging fluchend die paar Schritte zum Haus, stieg die Treppe hinauf, als ihm plötzlich einfiel, daß das Problem Ostsee sich damit von selbst gelöst hatte. Er mußte lächeln, bezwang sich aber und klingelte mit verbissenem Gesicht an der Wohnungstür. Birgit öffnete, die Reisetasche stand gepackt vor der Garderobe.

Was denn nun wieder los sei?

Mit dürren Worten klärte er sie auf. Erst schien sie den Tränen nahe, dann fing sie unvermittelt zu lachen an.

Was das solle? wollte er mürrisch wissen.

Sie deutete auf seine ölverschmierten Hände. «Weißt du, woran mich das erinnert?»

Aber er war schon an ihr vorbei, ließ Wasser über die Hände laufen und schrubbte mit Seife und Bürste an ihnen herum, als wolle er mehr und Tieferes abwaschen als nur diesen Ölfilm. Ja, natürlich wußte er, woran sich Birgit erinnerte. Für einen kurzen Moment war ihm seltsam weich in den Knien, vor seinen Augen flimmerte es. Die Kopfschmerzen wurden stärker. Laut rief er aus der halboffenen Badezimmertür, durch das gleichmäßige Rauschen des Wasserstrahls: «Hör bloß mit deinen Sentimentalitäten auf!»

Er hörte sie dann schluchzen, ging an den Schreibtisch. Peter Florandt schrieb, rauchte, die Zigarette ging aus, das Papier klebte schmerzhaft an der Unterlippe. Er schrieb. Reihte Daten und Fakten. Nüchtern. Sachlich.

3.

Er hielt konstant die linke Spur und nahm den Fuß nicht eine Sekunde vom Gas. Der Regen prasselte gegen die Windschutzscheibe, spritzte in hohen Fontänen nach beiden Seiten, und endlich wich auch der uralte Klapperkäfer mit dem unsinnig großen *Atomkraft-Nein-Danke-Aufkleber* am Heck. Die Bahn war wieder frei.

Florandt, Dr. Peter Florandt, seit vier Jahren erfolgreich aufstrebender Kundenberater und seit gestern, darüber war nun kaum noch ein Zweifel erlaubt, designierter Account-Director der renommierten Werbe-Groß-Agentur McLinn: Hamburg, entfuhr ein nostalgisch-sentimentaler Seufzer, als der VW hektisch zur Seite torkelte, um den schweren Wagen, der hupend und mit voll aufgeblendeten Scheinwerfern heranjagte, vorbeiziehen zu lassen. Florandt winkte in bester Laune dem ärgerlich aussehenden Jüngling, der in unschöner Haltung hinter dem Steuer des VW klemmte.

Wohl Student, wie? lachte er vor sich hin, drückte eine Musikkassette in den Stereorecorder und pfiff voll Schmiß, so gut das Zigarillo zwischen seinen Zähnen es erlaubte, die «Revolutionären Lieder Lateinamerikas» mit. Kinder, waren das Zeiten. Lässig, mit einer Hand lenkend, vergnügte er sich damit, den Wagen exakt so auf der Fahrbahn zu halten, daß die weißen Mittelstreifen genau durchs Zentrum des ebenmäßig dreigliedrigen Sterns im silbernen Kreis rasten, der seinen Kühler krönte.

Wie am Schnürchen, schmunzelte er behaglich, gelassen sich weiter zurücklehnend ins bequeme Lederpolster seines Sitzes. In der Tat, wie am Schnürchen hatten sich während der letzten Jahre die Erfolge eingestellt, eigentlich gegen seinen Willen und fast ohne eigenes Zutun. Er hatte sich eigentlich nur dazu durchringen müssen, den Boden gegebener Tatsachen als festen und überraschenderweise auch dauerhaften Grund zu akzeptieren. Der Kapitalismus mit all seinen schönen und weniger schönen Begleiterscheinungen hatte dem Dr. Florandt sein lachendes Gesicht gezeigt, und es hatte sich erwiesen, daß dies Gesicht durchaus gesund und keineswegs hinfällig war, aller marxistischen Theorie zum Trotz. Nicht daß er seine politischen und moralisch-ethischen Grundsätze von damals begraben oder verraten hätte. Durchaus nicht! Er sprach immer noch gerne und äußerst eloquent von der

Scharfsichtigkeit kritischer Gesellschaftstheorie, womit er auf Parties des öfteren bemerkenswerten Eindruck machte. Allerdings mußte man, wie die allgemeine Situation sich nun mal darstellte, geschmeidig und voll listiger Konzilianz sein, wollte man nicht überrollt und gebrochen werden. Die Sachzwänge forderten ihre Tribute, doch ließ sich mit ihnen leben.

Florandt strich sich sinnend übers glattrasierte Kinn. Er hatte sich verändert, kein Zweifel, und es war ein steiler, aber kurzer Weg gewesen, der ihn in diesen Wagen geführt hatte, auf diese Strecke. Und er war stolz auf diese Veränderung, war ihm doch die Fähigkeit, sich zu verändern, immer schon als eine der schwersten und besten Tugenden erschienen. So hing auch konsequenterweise über seinem Schreibtisch im Büro jene kleine Geschichte Brechts vom Herrn Keuner, in der dieser sich dafür schämt, sich nicht verändert zu haben. Listig, wie diese Geschichte nun mal erzählt war, hatte bislang auch niemand daran Anstoß genommen, daß sie zwischen den großen Kampagnen für Magerquark und Edelessig hing – und würde es in Zukunft noch viel weniger tun, ja, kaum noch wagen.

Denn heim fuhr von Zürich in seinem nagelneuen Mercedes-Benz-Wagen der Herr Dr. Peter Florandt, neben sich auf dem Beifahrersitz einen schwarzledernen Aktenkoffer mit Sicherheitsschloß, bergend den glücklichen Coup, den wirklich ganz großen Erfolg. Augen würden sie machen, die grauen Herren von der McLinn, allen voran der Herr Scharfental würde seine kleinen Schweinsäuglein in ungläubig glücklichem, gleichzeitig mißgünstig eifersüchtigem Staunen mühsam erweitern. Der Etat, den man schon abgeschrieben hatte, war da. Und er, Florandt, hatte ihn an Land gezogen, diesen dicken Fisch, dank seiner listigen Geschmeidigkeit, dank nicht zuletzt seiner dialektischen Schulung.

Ach Nußmann, alter Bücherwurm, wenn du wüßtest. Florandt schlug fröhlich den Takt der Musik mit der flachen Hand auf dem Lenkrad mit. Der Posten des gerade pensionierten Thaler war ihm so gut wie sicher, und damit ein Gehalt, das endlich die Bezeichnung «gutes Geld» verdiente. Doch wichtiger noch als das Geld war der Umstand, daß dies sein ganz persönlicher Erfolg war, sein individueller Triumph. Und wer hätte leugnen wollen, daß Erfolg guttat, gut schmeckte, ja frei machte? Florandt kostete, schmeckte ihn aus, diesen seinen Erfolg, er sonnte sich darin auf der regenüberströmten Autobahn Zürich-Frankfurt, indem er die «Revolutionären Lieder Lateinamerikas» mitpfiff, vollen Herzens und mit dem Elan von damals.

Der Regen war immer noch stärker geworden, aber Florandt fühlte sich sicher und stark im gleichmäßig dahinschießenden Wagen, vor dem aufgeschreckte Kleinwagen in Panik nach rechts stoben. Asphaltwarzen, grinste er in sich hinein, zündete ein neues Zigarillo, das Stück zu DM 3,–, blies den Rauch genießerisch gegen die Windschutzscheibe und hing amüsiert seinen Erinnerungen nach.

Damals, ja, damals. Wie war er eigentlich hierhergekommen? Bevor es begonnen hatte, wie am Schnürchen zu laufen, waren harte Zeiten gewesen, Frustrationen, deprimierende Enttäuschungen. Wohl hatte er damals seine Promotion exakt so hingelegt, wie Nußmann sie wollte, und sogar die einleitenden und abschließenden gesellschaftskritischen Be- und Anmerkungen waren so geschickt formuliert, daß Nußmann sich dafür begeistert hatte. Die Genossen freilich waren weniger begeistert, von Birgit zu schweigen, hatte doch von Heirat naturgemäß immer noch keine Rede sein können. Erst mal mußte die Assistentenstelle her, dann hätte man weitersehen können. Aber dann, wie aus heiterem Himmel, kam dieser unselige – oder sollte man heute nicht sagen: glückliche – Einstellungsstopp für die Universität, und niemand fragte mehr Nußmann, ob er einen Assistenten brauchte, und niemand fragte mehr Florandt, wie er denn qualifiziert sei. Da stand der Dr. Florandt, Volkswirt mit ausgezeichneter Promotion, auf einmal auf der Straße und war nichts weiter als ein Teil des sogenannten akademischen Proletariats. Aus war er gewesen, der Traum von der Hochschulkarriere, der Wunsch nach demokratisch-sozialistischen Innovationen im Uni-Bereich.

Anfangs hatte er mit einem gewissen trotzigen Selbstbewußtsein zu diesem Status des Habe- und Binnichts gestanden, was um so leichter fiel, als Birgit mit ihrem Lehrergehalt auch beide für einige Zeit ohne Schwierigkeiten durchbringen konnte. Sie tat das sogar gern, denn irgendwann müßte der Tag kommen, an dem es umgekehrt sein würde und Florandt mit seinem Gehalt Frau und Kinder würde ernähren können.

Allein, eines Tages war man gemeinsam auf dieser Party zu Gast, die an und für sich ekelhaft oberflächlich und modisch geleckt gewesen war; und dort war Florandt mit einem gewissen Menschen ins Gespräch gekommen, der sehr vernünftige Ansichten über alles und jeden verbreitete, nicht unsympathisch war, aber, wie sich im Laufe des Abends herausstellte, in der Werbebranche arbeitete. Florandt hatte ihn unverzüglich zur Rede gestellt und eine ebenso bissige wie erhitzte Polemik gegen Manipulation und Volksverdummung losgelassen, wobei sein brillanter Fanatismus besonders die auf der Party anwesenden Frauen bezaubert hatte. Allerdings war zu seinem großen Ärger gegen die trocken hervorgekauten Kenntnisse dieses Werbefritzen genausowenig anzukommen gewesen wie gegen dessen witzig pointierten, relativistischen Halbwahrheiten. Schließlich hatte dieser Omo-Onkel, halb im Scherz, empfohlen, das, was Florandt hier effektvoll in der Luft zerriß, sich lieber einmal aus der Nähe anzusehen, mit kritischem Augenschein zu betrachten, was wirklich Sache sei. Im übrigen, das warf dieser Mensch noch im Weggehen Florandt vor die Füße, suche die Werbeagentur McLinn händeringend qualifizierte Betriebs- und Volkswirte, und er, Florandt, suche doch, wie man wisse, seit längerer Zeit händeringend einen vernünftigen Job. Oder etwa nicht?

Mit diesem «oder etwa nicht?» war Florandt nach Hause gegangen. Die drei Worte ließen ihn nicht los, eine Woche überlegte er, ging mit sich selbst und mit Birgit zu Rate.

Eines Tages hatte er dann tatsächlich am prächtigen Eingang von McLinn gestanden, den unumstößlichen Vorsatz im Kopf, endlich einmal dem unmoralischen Treiben der Konsumvergötzung hinter die Talmikulisse zu linsen, um später Enthüllungen ans Licht der Öffentlichkeit zu bringen, die die menschenverachtende Unverfrorenheit dieses albernen Treibens auf eindrucksvolle Art würde geißeln werden.

Herr Scharfental, einer im hochmodischen Anzug, doch ohne Krawatte, dafür mit farbigem Seidenschal, hatte Florandt mit dröhnender Jovialität eingestellt und ihn von Anfang an einfach Doktorchen genannt. Kritische Leute brauche er, kritische, hatte Scharfental gequallt, Leute, die um die Ambivalenz dieses Jobs wüßten, keine angepaßten Jasager. Die Frage nach Moral oder Unmoral von Werbung stelle sich nicht, sondern ausschließlich die, ob Werbung gut oder schlecht ihr Anliegen kommuniziere.

Florandt, vorerst auf Probe eingestellt, hatte ein Anfangsgehalt bezogen, das ihn fast beschämt hätte; allein, er hatte das Geld gut brauchen können, um seine Schulden zu bezahlen, und schließlich war dies eine Kuh, die man ohne Gewissensbisse melken konnte. So war man sich schnell einig geworden, und bei der Vertragsunterzeichnung hatte Florandt sich noch als das konspirative Kuckucksei gefühlt, das sich listig zwischen die faule Brut der Manipulateure gelegt hatte. Sand in dies komplizierte Getriebe werfen, wo immer es ihm möglich war: Das war sein lauterer Anspruch.

Florandt blieb.

Die Probezeit lief ab, man verlängerte den Vertrag zu besseren Bedingungen. Florandt blieb, nun schon im fünften Jahr. Und je länger er blieb, als desto unverdächtiger entpuppte sich das Material, desto weniger stellte sich die Frage nach der Moral; bald sprach auch er geläufig von Kommunikation statt von Manipulation, seine Arbeit war zuverlässig und durchaus nicht der Sand, sondern das Öl im Getriebe. Tropfenweise erst, doch mit jeder ordentlichen, und vor allem mit jeder außerordentlichen Gehaltserhöhung freier, breiter fließend, bis Florandt schließlich selber darüber entscheiden konnte, ob und wieviel Öl zu spritzen sei.

Auch Birgit war durchaus zufrieden und träumte immer lauter und deutlicher davon, daß nun die Zeit reif sei für Babies und Heirat, da doch die ökonomische Grundlage endlich gegeben war. Florandt drehte und wand sich in schwachen Ausflüchten, bis er in der McLinn die aufstrebende Modefotografin Charlene d'Angelo kennenlernte, die mit bürgerlichem Namen Karin Angelheim hieß und aus Bad Iburg stammte. Die Affäre war heftig, und die spannungsreiche Sympathie beruhte auf Gegenseitigkeit: Florandt war fasziniert von der spätbürgerlich-mondänen Laszivität der d'Angelo, während diese in seinen immer noch rebellischen Reden, die sich nach drei, vier Drinks problemlos von seiner Zunge lösten, prickelnd revolutionäre Reize entdeckte.

Entdeckt wurde die ganze Geschichte natürlich auch von Birgit, doch bevor Florandt sich dazu durchringen konnte, die längst überfällige Trennung von ihr zu vollziehen, war Birgit schwanger. Florandt hatte getobt und ihr bewußte, heimtückische Erpressung vorgeworfen, aber Birgit war sehr ruhig geblieben und hatte angekündigt, das Kind zur Welt bringen zu wollen, ob nun mit oder ohne Vater. Die d'Angelo wiederum sah sich durch solcherart unerquickliche Komplikationen empfindlich in ihrer freifließenden Kreativität gestört und verschwand kurzerhand, mit einem spöttisch-mitleidigen Lächeln zum Abschied, in den Olymp der Frankfurter Werbeszene.

Drei Monate später war Florandt Ehemann, fünf Monate später Familienvater. Geboren wurde ein Sohn, inzwischen schon dreieinhalb Jahre und kräftig, der, Florandt lächelte nicht ohne Stolz in den strömenden Regen hinaus, ganz in die Art des Vaters geschlagen war. Und nun war Birgit zum zweiten Mal schwanger, was Florandt jedoch eher gleichgültig hinnahm, war er doch seit Monaten fast nur noch auf Geschäftsreisen, so daß Birgit nicht unter seinem Zigarilloqualm und sein Sexualleben weder unter ihren Schwangerschaftsneurosen noch unter eintöniger Langeweile zu leiden hatte.

Wegen des Regens kam die Dämmerung früh, und jetzt waren es noch 69 Kilometer bis Frankfurt: Das machte noch schätzungsweise fünf Stunden scharfer Fahrt heim zur hochschwangeren Birgit, eine halbe Stunde aber nur, wie ihm schlagartig einfiel, um mit der guten Charlene einmal wieder ausführlich über Legitimationsprobleme im Spätkapitalismus und Belichtungsprobleme in der Werbefotografie zu reden.

Der Dr. Peter Florandt war zu einem Mann kurzer Entschlüsse gereift, und so stoppte er seinen schönen, metallicglänzenden Wagen mit quietschenden Reifen an der nächsten Autobahnraststätte, bestellte Kaffee und Cognac und griff zum Telefon.

Charlene war überrascht, aber durchaus angenehm. Man würde sich in zwei Stunden an der Bar des Plaza-Hotels treffen.

Florandt bestellte einen zweiten Cognac, diesmal einen doppelten, um die Geschmeidigkeit seiner Zunge zu erhöhen, rief Birgit an. Erklärte vielwortig, aber bedauernd, daß es Komplikationen mit dem neuen Wagen gäbe, den er offenbar zu scharf eingefahren habe. Um Schlimmeres zu verhüten, müsse er wohl oder übel eine Werkstatt aufsuchen, was ihn leider nötige, hier in der tiefsten Provinz Logis zu nehmen, um dann erst morgen im Laufe des Tages in Hamburg einzutreffen.

Birgit hörte sich alles, wie es schien, sehr gelassen an. Er war froh, daß die Sache so glatt ging und flötete allerhand Schmeichelhaftes ins Telefon. Plötzlich hatte er eine famose Idee, sagte, er säße hier mit total ölverschmierten Händen, der Anzug sei gar ruiniert.

«Erinnert dich das nicht an etwas, Liebling?» fragte er neckisch.

Birgit gab keine Antwort. Dann, nach einigen Sekunden des Schweigens, sagte sie leise, nun mit mühsam beherrschter Stimme: «So, du hast dir also die Hände schmutzig gemacht.»

Es knackte in der Hörmuschel. Sie hatte eingehängt. Liebling, ich komm hier wirklich nicht weiter, wollte er noch sagen.

Aber die Leitung war tot.

Im Kreis

«Eine gute Geschichte kann
nur aus Quellen entstehen,
die auch schon gute Geschichten sind.»

Novalis

Diese Geschichte ist nicht von mir. Ich weiß nicht einmal, ob sie wahr ist. Jedenfalls klingt sie unwahrscheinlich, was ja ein schönes Recht von Geschichten ist, und obwohl sich in ihr die Wirklichkeit zu wiederholen scheint, dürfte sie sich in der Wirklichkeit nicht wiederholen. Die Umstände, unter denen ich von der Geschichte erfuhr, sind freilich ein Teil meiner eigenen Geschichte, für deren Wahrheit und Wahrscheinlichkeit ich mich selbstverständlich verbürgen kann, sieht man von dem Umstand ab, daß jeder Autor lügen muß, damit seine Geschichten wahr klingen.

Wenn ich also die Geschichte, die mir erzählt wurde, als ich im Frühjahr 1982 einige Wochen auf einer ägäischen Insel verbrachte, hier jetzt aufschreibe, dann treibe ich sie gewissermaßen aus der Privatheit und Besonderheit meiner Erinnerung heraus, gebe ihr als geschriebene ein anderes Medium, ein neues Feld, auf dem sie weiterwachsen soll in der Erinnerung von Lesern. Und wenn dann der eine oder andere Leser diese Geschichte wieder- und weitererzählen wird, angereichert mit seinen eigenen Erinnerungen, umgeformt mit seinen eigenen Worten, wird sie wachsen und Ringe ansetzen, wird sich wiederholen – aber eben anders.

Auf dem Papier ist es mir unmöglich, den eigenartigen Reiz ihrer mündlichen Überlieferung zu rekonstruieren. Und doch: Wenn ich die Worte, die mir noch immer im Ohr klingen, auf diesen Seiten in Schrift verwandele, belebt sich in meiner erinnernden Vorstellung auch wieder der Mund, aus dem diese Geschichte kam, und die Lippen, die diese Geschichte erlebt und gesprochen haben, leben erneut, wenn auch fremder und ferner, im Gewimmel der Buchstaben, im strengen Raster der Zeilen, im Archiv der Schrift.

Doch kann ich dem Leser nicht garantieren, daß die Person, die die Geschichte erzählte, sie wirklich erlebte; vielleicht war sie ihr bereits von jemand anderem erzählt worden, der sie wiederum gehört hatte, als er oder sie – nun ja, so ginge es also auch in die Vergangenheit zurück, wie es in die Zukunft sich fortsetzte, erzählte jemand die Geschichte später weiter.

Der langen Vorrede kurzer Sinn: Ich werde die unwahrscheinliche Wirklichkeit des Erzählten in die Wahrheit des geschriebenen Wortes überführen, die, wie gesagt, zweifelhaft und unverbindlich ist, aber als Geschichte immerhin ihr Recht behauptet gegenüber dem wirklich Geschehenen.

Und also beginnen wir.

Damals war ich schon knapp drei Wochen in dem kleinen Fischerdorf an der Südküste der Insel, die um diese Jahreszeit noch den Einheimischen gehört, um dann im Sommer zu einem recht lebhaften, wenn auch vergleichsweise noch ruhigen Anziehungspunkt für Touristen zu werden. Obwohl ich gekommen war, um allein zu sein nach dem langen gemeinsamen Alleinsein mit meiner ehemaligen Frau, litt ich doch unter Langeweile und hatte mich entschlossen, das Schiff zu nehmen, um noch 14 Tage in Athen zu verbringen. Als ich mich jedoch am Anleger einfand, wurde mir erklärt, die Fähre könne wegen eines Motorschadens erst am nächsten oder übernächsten Tag wieder verkehren.

Ich erwähne diesen doch banalen Zufall ausdrücklich, weil er für mich das Anfangsglied, für die anderen vielleicht das lose Ende in der Verkettung der Geschehnisse darstellt. Natürlich wäre zu fragen, ob das Wort «Zufall» in diesen Zusammenhängen lediglich einer Abwehr gleichkommt, mit der ich die innere Notwendigkeit bestreite, die das Ganze zusammenzuhalten schien. Aber ich bleibe bei dem Wort «Zufall». Und ich erkläre sein Spiel für blind. Hätten wir uns sonst nicht damit abzufinden, daß nicht wir unser Leben leben, sondern daß unser Leben gelebt wird? Und alle unsere Bewegungen wären bloß Strom für den unsichtbaren Dynamo, der alles endlos im Kreis dreht?

Wenn die Schicksalslinien von uns einzelnen derart ineinander verschlungen sind, wie diese Geschichte es nahezulegen scheint, dann gäbe es keine Freiheit in unserem Denken und Handeln, und jeder unserer Schritte wäre nichts als das Laufen in Spuren anderer. Der Satz «Du denkst, du schiebst und wirst geschoben» wäre dann sozusagen das Gesetz der Welt – und dies Gesetz wird nicht jedem gerecht. Mir jedenfalls nicht, und ein späterer Erzähler dieser Geschichte wird vielleicht eine Möglichkeit finden, die Angelegenheit anders zurechtzubiegen.

Doch ich schweife ab. Vielleicht, weil diese Geschichte auch lehrt, daß es keine Einsamkeit gibt, was dem Einsamen ein Trost sein mag, demjenigen jedoch, der die Einsamkeit sucht...

Ich brachte jedenfalls mein Gepäck zurück in die Pension, unternahm einen ausgedehnten Spaziergang am Strand und kehrte zum Abendessen in den Ort zurück. Es war eine dieser späten südlichen Frühlingsnächte, in denen sich der Sommer ankündigt; seit einigen Tagen kamen auch schon erste Saisontouristen an, und Stephanos hatte vor einigen Tagen sein Hafencafé eröffnet. Ich ging nach dem Essen hinunter, bestellte Mocca und Ouzo, sah den Fischern zu, die ihre Boote zum nächtlichen Auslaufen klarmachten, blinzelte träge in die dunstige Zweideutigkeit, als am Nebentisch eine junge Frau um die Dreißig Platz nahm, die ich vorher nie gesehen hatte und die, wie ich aus ihrer Blässe schloß, heute mit der Fähre, die nun defekt am Kai lag, angekommen sein mußte. Sie war offenbar Französin, blätterte sie doch in einer französischen Zeitung.

Ich beobachtete sie eine Zeitlang aus den Augenwinkeln, spürte plötzlich das Bedürfnis nach einer kleinen Plauderei, vielleicht gar nach einem unverbindlichen Flirt, faßte mir nach einigem Zögern ein Herz und bat, mich zu ihr setzen zu dürfen. Sie musterte mich mit einem langen, eindringlichen, etwas spöttischen, aber nicht unfreundlichen Blick und wies mir dann mit einladender Geste den leeren Stuhl an ihrem Tisch zu. Wir tauschten ein paar Belanglosigkeiten. Sie war tatsächlich Französin, sagte, sie käme aus Rouen. Unvermittelt, plötzlich, fragte sie, warum ich eigentlich hier sei. Ich war überrascht, gibt es doch auf diese Frage an diesem Ort normalerweise nur jene eine Antwort, die ich auch prompt gab: «Urlaub natürlich.»

«Ja, natürlich.»

Sie schien von dieser Antwort enttäuscht zu sein.

«Urlaub von was?» fragte sie nach einer Weile, und in dieser Frage lag eine Spannung, die ich nicht einzuordnen wußte. Aber vielleicht kommt es mir auch heute, da ich weiß, was diese Frage in sich barg, nur so vor, als sei sie mit Erwartung geladen gewesen, mit der Hoffnung an die Wiederkehr von etwas Verlorenem.

Immerhin erzählte ich in kurzen Zügen, daß ich meinen Job in der Redaktion verloren hatte, weil es für solche Zeitschriften kaum noch Leser gibt, nunmehr also arbeitslos war, Ärger vergessen, zu mir selbst kommen wollte. Von meiner Scheidung, die gerade hinter mir lag, von meinem Versinken in Einsamkeit und der Flucht davor ins Alleinsein sprach ich nicht.

Ihr schien aber meine halbe Antwort ganz zu genügen, denn sie fragte, nun mit unverhohlenem Interesse, als wolle sie sichergehen: «Sie haben ihren Job verloren?»

«Ja, ja. Wie ich sage.»

Ihr Interesse wuchs sich zu kaum verhohlener Neugier aus, die ich mir nicht, noch nicht erklären konnte.

«Und? Ist das schlimm für sie?»

Ich zuckte mit den Schultern: «Ja. Das heißt... eigentlich nicht. Ich weiß nicht. Im Moment fühle ich mich eher erleichtert, befreit. Verstehen Sie?»

«Seltsam», sagte sie und nickte.

«Was ist daran seltsam?»

«Ach, nichts weiter.»

Sie mußte etwas angerissen haben, das nun in Schwingungen geriet, die sie verwirrten, die sie abwehren wollte.

«Nein, nein. Nichts weiter», murmelte sie abwesend, beinah abweisend. Dann aber, nach kurzer Pause und einem Zug aus der Zigarette: «Es ist nämlich...»

Sie brach wieder ab. Mir war klar, daß sie etwas loswerden wollte, etwas aussprechen. Aber sie wollte oder konnte es mir, den sie doch erst seit einer halben Stunde kannte, nicht anvertrauen. Manchmal freilich kennt man sich schon unendlich lange. Man weiß nur nichts davon, bis dann... Aber ich greife schon wieder vor.

Ich wollte nicht weiter aufdringlich sein. Was ging mich auch dies Etwas an? In der Annahme, damit dem Gespräch wieder seine unverbindliche Ebene zu geben, fragte ich nun meinerseits, warum denn sie hier sei.

«Urlaub natürlich», sagte sie aufatmend, sehr schnell.

«Natürlich...»

Wir lächelten uns hilflos an. Das Gespräch begann sich im Kreise zu drehen, die Bewegung zu imitieren, aus der das bestand, was folgte. Sie steckte sich eine Zigarette an, trank einen Schluck Wein, straffte sich.

«Nein», sagte sie sehr bestimmt. «Nein, es ist anders. Wie soll ich Ihnen das erklären? Es ist, es ist eben – ja, sehr seltsam. Es ist auch eine längere Geschichte. Und eine etwas verwickelte dazu.»

Nun war mein eher beiläufiges Interesse natürlich zur Neugier gesteigert, aber sie lenkte schon wieder ab, sprach von Belanglosigkeiten. Schließlich saßen wir schweigend nebeneinander. Das Café hatte sich geleert. Wir waren die letzten Gäste.

«Ich denke, wir sollten auch gehen», schlug ich vor. «Der Kellner ist schon eingeschlafen. Und ich reise morgen ab.»

«Nein», sagte sie in überraschender Entschlossenheit. «Bleiben Sie bitte. Ich werde Ihnen jetzt meine Geschichte erzählen. Wenn es sie nicht langweilt. Könnten Sie noch Wein bestellen?»

Ich ließ den Kellner schlafen, ging zum Tresen und holte eine neue Flasche. Wir tranken uns zu. Sie lächelte unsicher.

«Ich weiß gar nicht, wie ich anfangen soll.»

«Mit Ihnen», sagte ich. «Fangen Sie bei sich selbst an.»

«Warum nicht? So fängt es ja doch immer an. Immer wieder. Das war also», begann sie leise, indem sie sich eine Zigarette anzündete und den Rauch wie erleichtert in die Nacht stieß, «das war vor ziemlich genau drei Jahren. Ich studierte noch und machte in den Semesterferien zusammen mit einer Freundin eine ausgedehnte Reise durch Griechenland, während der wir irgendwann hierher, auf diese Insel, an diesen Ort kamen. Wir wollten bloß einige Tage bleiben, dann rüber nach Samos, aber ich», sie zögerte einen Moment, ihre Stimme wurde noch leiser, «verliebte mich hier, in diesem Café, an dem Tisch drüben, an dem nun der Kellner schnarcht, in einen Amerikaner, David, der hier seinen Jahresurlaub verbrachte. Sie wissen vielleicht selbst, wie das mit einem Urlaubsflirt ist. Alles geht schneller als sonst, unmittelbarer, unkomplizierter, man denkt nicht an vorher und nachher, ist irgendwie geschichtslos, man lebt den Moment, glaubt aber zugleich, nur wenig Zeit zu haben. Und freier zu sein als zu Hause, glaubt man natürlich auch. Meine Freundin verstand die Situation. Sie zog allein weiter. Ich blieb mit David, war wahnsinnig verliebt oder bildete es mir wenigstens ein. Er war viel älter als ich, Mitte Vierzig ungefähr. Ich habe ihn nie danach gefragt, es war gleichgültig. Wir haben überhaupt kaum nach unseren Lebensumständen gefragt, wenig gesprochen, er konnte kein Französisch, und mein Englisch ist dürftig, haben einfach so dahingelebt, hier und jetzt im guten Sinn, taten nichts Besonderes, essen, schlafen, in der Sonne dösen, spazierengehen, schwimmen. Eben so. Einfach so. David hatte viel Geld, das war angenehm, aber völlig unwichtig. Mir gefiel seine bestimmte, lakonische, maulfaule, praktisch-präzise Art, sein trockener Witz, seine Cleverness, wie er selbst sagen würde. Eines Tages nun hatten wir uns beim Schwimmen zu weit hinausgewagt, gerieten in die Mündungsströmung des Baches, der dahinten aus den Bergen kommt und ins Meer fließt, trieben immer weiter vom Strand ab. Irgendwann merkten wir, daß wir diesen unscheinbaren Bach unterschätzt hatten, merkten, daß wir aus eigener Kraft nicht mehr zurückkommen würden, waren aber auch schon so weit vom Ufer abgetrieben, daß unsere Hilferufe weiß Gott in den Wind gesprochen waren. Zu sehen waren wir sowieso nicht mehr, da draußen sind die Wellen doch höher, als man denkt. Wir dachten, daß wir also beide ertrinken würden. Es war wirklich eine ausweglose Situation, die sich schwer beschreiben läßt und übrigens auch nur am Rande zu der Geschichte gehört, die hiermit, in unserer Todesangst, eigentlich erst beginnt. Wir trieben also inzwischen an die fünf Stunden in dieser Strömung, sahen längst kein Land mehr, und langsam wurde es dunkel. Ich bekam Krämpfe in Beinen und Armen, als plötzlich Motorengeräusch auf uns zukam und einer der Fischer vom Hafen uns aus dem

Wasser in sein Boot zog. Unseren fassungslosen Dank wehrte er ab; bedanken könnten wir uns bei dem da, und er zeigte auf einen zweiten Mann, der breit grinsend vorn im Boot saß und von dem wir angenommen hatten, daß er ebenfalls ein Fischer war in seinen Bluejeans und seinem gestreiften T-Shirt, barfuß dazu. Es war aber kein Fischer. Es war Bill.»

Sie hatte zögernd, mit Pausen und einigem Nachdenken zu sprechen begonnen, war dann immer flüssiger geworden, fast hastig, als ob mit jedem Wort Zusammenhänge in ihr auftauchten, die sie zwar kannte, deren Verknüpfung ihr aber erst jetzt, indem sie sie hier an Ort und Stelle aussprach, ganz einleuchtend zu werden schienen.

Ich sollte an diesem Punkt noch anfügen, daß mein Bericht ihrer Erzählung nicht nur durch meine eigene Erinnerung daran gebrochen ist, sondern auch durch den Umstand, daß sie französisch sprach und ich nun ihre Worte nicht nur in Schrift, sondern auch in eine andere Sprache zu überführen habe.

Ich schenkte uns nach.

«Bill. Ja, da saß also Bill und strahlte uns halbe Wasserleichen in seiner kindlichen Unkompliziertheit an. Auch ein Amerikaner. Auch im Urlaub. Und der Grund, daß ich ausgerechnet Ihnen heute meine Geschichte erzähle, die auch die Geschichte von David und Bill ist, liegt wohl darin, daß Bill hier auf der Insel gelandet war aus dem gleichen Grund wie Sie. Vielleicht war es auch ein anderer Grund, wahrscheinlich sogar, aber den kann man nicht beschreiben, nicht benennen. Wie kann man überhaupt Gründe wissen, Ursachen? Jedenfalls war Bill, was David und ich aber erst ganz zum Schluß erfuhren, Buchdrucker gewesen in einer riesigen Firma in New York. Man hatte ihm gekündigt, Rationalisierungsmaßnahmen, Computerisierung, Satzautomaten und so weiter. Na, Sie werden das ja kennen. Wer braucht auch heute noch Buchdrucker? Bald wird es vielleicht keine Bücher mehr geben...»

«Vielleicht erzählen sich die Leute dann wieder mehr», warf ich ein. «So, wie Sie mir nun erzählen.»

«Nein», sagte sie, «glaube ich kaum. Das gehört auch nicht zur Geschichte. Bill also hatte man gefeuert, er war seinen Job los, genau wie Sie. Man hatte ihn einfach rausgeschmissen aus diesem Riesenladen, in dem ein einfacher Buchdrucker nie seinen wirklichen Chef zu Gesicht bekommt, immer nur irgendwelche Chargen, die bei solchen Maßnahmen Bedauern heucheln müssen. Immerhin zahlten sie ihm eine anständige Abfindung. Bill nahm's leicht und machte mit dem Geld in der Tasche das, was er immer schon mal machen wollte, aber nicht konnte, weil das Geld nicht langte, er ging auf großen Europatrip, der ihn schließlich, das Geld war fast aufgebraucht, hierher führte. An dem Abend nun, an dem er uns aus dem Wasser holte, war Bill gerade mit dem Schiff angekommen und hatte einen Spaziergang hinaus zur Bachmündung gemacht, um die Gegend nach einem Camp-Platz abzusuchen und um ein paar Fotos zu schießen. Unsere Rufe hat er natürlich auch nicht gehört, aber er hat uns gesehen, weil er nämlich vor seiner Kamera ein Teleobjektiv hatte. Und wie er da mit seinem Tele auf die Spiegelung des Sonnenuntergangs hielt, den die Bachströmung bizarr kräuselte, sah er zwei dunkle Punkte und wußte sofort, wie er später sagte, daß da zwei Leute am Absaufen waren. Er ist dann zum Hafen gerannt, als ginge es um sein Leben, hat sich den Fischer, der gerade auslaufen wollte, gegriffen und uns mit dessen Hilfe aus dem Meer gezogen. Ja, so kam das alles. David und ich freundeten uns rasch mit unserem Lebensretter an. Irgendwie paßte er zu uns, war ein völlig anderer Typ als David, sozusagen dessen Ergänzung, lebhaft, gesprächig, romantisch, ein großer Junge, finanziell so gut wie abgebrannt, bedürfnislos, schlief draußen am Strand im Schlafsack. David hielt Bill frei, war froh, daß er sich auf irgendeine Weise erkenntlich zeigen konnte. Bill sah sofort, daß bei David Geld keine Rolle spielte und hatte keine Probleme, von nun an zum Essen eingeladen zu sein. Über kurz oder lang machten wir fast alles zusammen, und eines Nachts, wir hatten viel Retsina getrunken, trennten wir uns auch nicht mehr zum Schlafengehen. Bill ging nicht zurück zu seinem Schlafsack am Strand, sondern mit uns ins Hotel. Wie es dazu kam, weiß ich nicht mehr. Auf jeden Fall war alles völlig selbstverständlich, ohne viel Gerede, war schön, ohne falsche Scham, ich glaube, für uns alle, ohne Eifersucht. So was passiert halt im Urlaub, nicht wahr? Unsere Dreierbeziehung dauerte knapp drei Wochen, die schönsten Wochen meines Lebens. Dann mußte David zurück. Sein Urlaub war zu Ende, seine Firma rief. Wir hatten, wie gesagt, nie von unserer Arbeit gesprochen, wußten nicht, was die anderen taten in der sogenannten Normalität. Es war uns egal, gleichgültig. Wir waren gleich oder paßten zumindest gut zusammen. Am letzten Abend also kam das Gespräch dann doch auf Arbeit und Jobs und das, was man zu Hause ist oder zu sein hat. Bill erzählte von seiner Kündigung.»

Sie machte eine kleine Pause, trank, schien nicht weitersprechen zu wollen, war den Tränen nahe, nahm eine neue Zigarette, inhalierte tief, atmete aus.

«Wenn ich Ihnen jetzt sage, daß sich herausstellte, daß David Bills Boss war, sein Chef, den Bill zuvor nie zu Gesicht bekommen hatte, klingt das so unwahrscheinlich, daß ich's kaum sagen mag. Es war aber so. Daß wir drei wie vom Donner gerührt waren, sagt nichts über das Gefühl, das durch uns hindurchfuhr. Was waren das für Korrespondenzen, die uns zusammengebunden hatten? Wir bemühten alle möglichen Begriffe, Glück, Zufall, Fügung. David redete sogar von Wunder, Bill von «vibrations». Es war an diesem Abend etwas Magisches in uns und um uns, das uns wie ein Flügelschlag berührte. Nein, dies Magische war ja schon vorher dagewesen, aber jetzt zeigte es sich, fügte sich. Ich überlasse es Ihnen selbst, sich vorzustellen, was mit uns dreien los war, als dieser Zusammenhang auf einmal klar vor uns stand. Unbeschreiblich war es sowieso, spannend und entspannend zugleich, als ob wir unter Strom stünden.»

Ich holte eine neue Flasche vom Tresen. Der Patron bat mich, wir möchten unsere Unterhaltung draußen fortsetzen, er wolle nun schließen. Ich zahlte, wir gingen untergehakt zum Hafenbecken, ganz weit hinaus auf die Mole, setzten uns, die Füße knapp über der Wasseroberfläche baumelnd.

«Weiter», sagte ich, «weiter.»

«Weiter, ja. David stellte Bill natürlich auf der Stelle wieder ein, war glücklich, seinem Retter einen Gefallen tun zu können. Bill war froh, seinen Job wiederzuhaben. Am nächsten Morgen reisten sie gemeinsam ab. Ich war unglücklich, alles hier erinnerte mich an unser Zusammensein, reiste nach zwei Tagen selber ab. Wir hatten vereinbart, uns nicht zu schreiben, die Sache auf sich und in sich beruhen zu lassen, wir wußten, daß so etwas nie wiederkommt, sich nicht halten läßt. Hatten wir es überhaupt vereinbart? Vielleicht war der Entschluß unausgesprochen, bei all dem Selbstanschluß, der zwischen uns war. Was können Briefe, was Worte, wenn man solche Erfahrungen macht? Ich ging zurück, studierte, lebte mein Leben. Dann merkte ich, daß ich schwanger war. David. Oder Bill. Ich hätte das Kind gern gehabt, es wäre mir etwas geblieben von diesem seltsamen Sommer. Ich konnte es mir aber nicht leisten, ließ es wegmachen. Und dann erst fühlte ich mich wirklich allein. Aber eigentlich nicht einsam. Vielmehr begriff ich, daß es für uns keine Einsamkeit gibt, wenn gleichzeitig die Menschen, die wir lieben oder geliebt haben, wenn auch an einem anderen Ort, wo wir sie nicht erreichen können, ebenfalls allein sind. So trifft uns das Gefühl der Einsamkeit nur dann, wenn es von uns bekannten Menschen, die wir lieben, wenn sie ohne uns glücklich sind, auf uns zurückstrahlt. Und vielleicht fühlt sich sogar der ganz und gar Vereinsamte nur einsam im Gedanken an den anderen, unbekannten Menschen, der nicht einsam ist und mit dem zusammen auch er es nicht wäre. Jedenfalls verschwanden David und Bill immer mehr aus meinem Bewußtsein, nicht aber aus meiner Erinnerung. Dort blieb der eine Moment des letzten Abends, an dem wir geweint hatten und gelacht, nicht wußten, wo wir uns hatten lassen sollen vor lauter Glück und Unverständnis angesichts des unsichtbaren Knotens, der uns zusammengeschnürt hatte, angesichts des Kreises, in den wir geraten waren. Dieser Moment blieb. Er blieb ständig und wird immer bleiben. Er ist auch jetzt da. Und ich weiß, daß er jetzt auch in David und Bill ist, egal was sie tun und wo sie sind. Deshalb bin ich nicht einsam. Und die beiden auch nicht. Und du ebenfalls nicht. Weißt du, als du vorhin gesagt hast, du bist hier, weil du deinen Job verloren hast, da war da ein Echo dieses Augenblicks, ein Aroma, ein Duft der Erinnerung. Und ich habe mich erschrocken auf schöne Art. Das Ganze noch einmal? dachte ich. Unmöglich, oder... Gib mal die Flasche, Bill oder David oder wie du heißt. Nein, sag nicht, wie du heißt. Ich will es nicht wissen.»

«Und dann?» fragte ich nach einigen Minuten.

«Nichts und dann. Das war alles.»

«Aber warum bist du hierher zurückgekommen?»

«Ich weiß es nicht genau. Ich glaube, es ist so, daß mir im Lauf der Zeit die Geschichte immer unwahrscheinlicher wurde, märchenhaft irgendwie. Sie zu erzählen, traute ich mich nicht, vielleicht wollte ich sie auch einfach für mich behalten. Aber schließlich glaubte ich sie mir selber nicht mehr, dachte, ich hätte das alles nur geträumt. Vielleicht bin ich zurückgekommen, um mich zu vergewissern, daß ich nicht geträumt habe, daß diese Geschichte wirklich passiert ist. Vielleicht auch, um mich noch einmal zu vergewissern, daß es keine Einsamkeit gibt.»

«Und? Bist du nun sicher?»

Sie gab keine Antwort, sondern deutete mit der Hand zum Strand hinüber.

«Dahinten irgendwo hat Bill campiert. Laß uns nachsehen. Vielleicht finde ich die Stelle wieder.»

Ich weiß nicht, ob es die gleiche Stelle war. Es war aber die richtige Stelle für diese Nacht, in der wir keine Worte mehr wechselten. Gegen Morgen wurde es kalt. Wir gingen zum Ort zurück, jeder in seine Pension.

Am Abend saß ich wieder im Café, aber sie kam nicht. Ich fragte den Kellner. Sie sei abgereist. Mit der Fähre, die heute morgen repariert worden sei. Sie habe mir diesen Zettel hinterlassen: «Ich grüße dich, auch im Namen von David und Bill. Du warst ein guter Zuhörer. Ich weiß nun, daß meine Geschichte wahr ist. Denn ich habe sie erzählt. Vielleicht stimmt sie erst jetzt.»

Und ich habe sie gehört und weitergeschrieben, und Sie, Leser, sie gelesen. Wollen Sie sie nicht weitererzählen? Ich fürchte, sonst stimmt sie nicht mehr.

Ein Loch im Hügel

«Aber ein anderes ist der Gedanke,
ein anderes die Tat,
ein anderes das Bild der Tat.«

Friedrich Nietzsche

Im letzten Jahr waren meine Frau und ich zum Dinner bei Dr. Eli Jamison, einem weit über San Francisco hinaus bekannten Psychotherapeuten, und dessen attraktiver, mehr als zehn Jahre jüngeren Frau Helen, eingeladen. Komplettiert wurde unsere Gesellschaft durch den amerikanischen Schriftsteller Mark McCellar und seine Freundin, eine ziemlich schweigsame Mitdreißigerin aus New Jersey, die den ganzen Abend kaum ein Wort sprach. McCellar redete um so mehr, und da er damals an einer Biografie über den schottischen Schriftsteller Robert Louis Stevenson arbeitete, der in seinen Werken bekanntlich einige Problemstellungen der gegenwärtigen Psychiatrie und Psychologie dichterisch vorweggenommen hat, ergab sich ein Gespräch, an dem die Jamisons ebenso lebhaft teilnahmen wie wir.

Die Psychologie selbst, meinte Dr. Jamison, habe Stevenson eigentlich gar nicht interessiert, sondern vielmehr gewisse Handlungen und Verhaltensweisen, die sich aus bestimmten psychischen Deformationen wie von selbst ergäben oder doch extrapolieren ließen, habe man genügend Phantasie.

Dem widersprach McCellar entschieden, indem er, an einigen Motiven Stevensons anschaulich belegt, ausführte, daß solche Verhaltensweisen, aber auch Beschreibungen von Interieurs und gelegentlich sogar Landschaftsschilderungen ganz im Gegenteil schon die eigentliche Analyse geistiger Zustände darstellten, nur eben in Bildern organisiert statt in wissenschaftlichen Begriffen – und insofern übrigens der Wissenschaft vielleicht gar überlegen sind.

Das Gespräch bekam im Lauf des Abends noch eine andere Wendung, als Dr. Jamison schmunzelnd aus einer eben erschienenen Untersuchung der Harvard-Universität zitierte, nach der rund sieben Prozent der männlichen Seelendoktoren gestanden hätten, schon einmal mit einer ihrer Patientinnen geschlafen zu haben.

Was Freud als schweren therapeutischen Kunstfehler bezeichnet habe, komme also in der Analytikerpraxis offenbar alle Tage vor? fragte ich etwas rhetorisch nach, worauf die Jamisons und McCellars heftig zu lachen begannen.

Diese Heiterkeit, klärte uns schließlich Mrs. Jamison, immer noch lachend, auf, rühre daher, daß sie und ihr Mann, daß also ihr Mann und sie, daß die beiden sich …

Eli und Helen hätten sich so kennengelernt, half McCellar ihr aus der verbalen Verlegenheit, und wie jeder sehen könne, sei das für die beiden Beteiligten höchst befriedigend ausgegangen.

Die Jamisons sahen sich bei diesen Worten liebevoll an, und Dr. Jamison fügte noch hinzu, daß Helen damals unverheiratet gewesen sei; sonst hätte es vielleicht erhebliche Probleme geben können.

Erhebliche Probleme, in der Tat, nickte McCellar vor sich hin und sagte, es gäbe da übrigens eine seltsame Geschichte zum Thema, von der er freilich nicht wisse, ob sie authentisch oder fiktiv sei und...

Das sei doch, unterbrach ich ihn, für die Qualität von Geschichten ebenso bedeutungslos wie die Frage, ob sie alt oder neu seien, ob sie zum ersten Mal erzählt würden oder in einer sich ständig ändernden Überlieferung stünden.

Dem stimmte McCellar zu und meinte, daß die betreffende Geschichte jedenfalls den Vorzug habe, nicht nur das gewissermaßen gefährliche Leben verliebter Psychotherapeuten zu schildern, sondern darüber hinaus die genaue Topographie eines geistigen Zustands auszumalen, wie er es vorhin Stevenson nachgerühmt habe. Das Hauptmotiv dieser Geschichte habe Stevenson ja selbst einmal in einem seiner Romane verwendet.

McCellar ließ sich nun nicht mehr lange bitten, sondern begann unverzüglich, als habe er schon den ganzen Abend auf die Gelegenheit gewartet, mit seiner Erzählung.

In Santa Rosa, einer Stadt nördlich von San Francisco, lebte ein Architekt, nennen wir ihn Mr. Jones, der nach dem Tod seiner ersten Frau in seinem 65. Lebensjahr noch einmal heiratete, und zwar eine um fast 40 Jahre jüngere, sehr schöne Mexikanerin. Das ungleiche Paar schien, allen Unkenrufen und Gerüchten zum Trotz, glücklich miteinander zu sein, doch nach einiger Zeit wurde die junge Frau erst reizbar und nervös, litt dann immer unmotivierter an Migräne und verfiel schließlich in Phasen regelrechter Depressivität, so daß Mr. Jones in großer Sorge ihr den Vorschlag machte, sich in psychotherapeutische Behandlung bei dem mit ihm befreundeten, allerdings weitaus jüngeren Dr. Wilson zu begeben. Nach anfänglichen Weigerungen willigte Mrs. Jones endlich ein und begab sich fortan zwei mal wöchentlich zu therapeutischen Sitzungen bei Dr. Wilson. Die Behandlung schien auch anzuschlagen, denn Mrs. Jones gewann recht rasch ihre alte Ausgeglichenheit und jugendliche Frische zurück, blieb aber, von ihrem Mann darin bestärkt, weiterhin in Behandlung, um den Erfolg der Therapie nicht durch einen zu frühen Abbruch zu gefährden.

So hätte es zur allgemeinen Zufriedenheit vielleicht bis an Mr. Jones' seliges Ende weitergehen können, wäre er nicht durch einen, von der Unvorsichtigkeit seiner Frau begünstigten Zufall dahintergekommen, daß sich das Arzt-Patientinnen-Verhältnis inzwischen zu einer stürmischen Liebesaffäre ausgewachsen hatte. Mr. Jones, gewohnt, sich unter Kontrolle zu halten, ließ sich seine ihn selbst überraschende, heftige Eifersucht nicht anmerken und beschloß, sich zu rächen, sobald sich eine günstige Gelegenheit ergeben sollte. Weit davon entfernt, sich mit seiner Rache selbst in Gefahr zu bringen, hielt er seine dunklen Gefühlsregungen sowohl vor seiner Frau zurück, der er weiterhin mit ausgesuchter Zärtlichkeit begegnete, als auch vor Dr. Wilson – denn verratener Haß, das wußte Mr. Jones aus einer Episode seiner Jugend, ist ohnmächtiger Haß. Er intensivierte sogar seinen Umgang mit Dr. Wilson, lud ihn häufiger zu einer Partie Golf oder gemeinsamen Ausflügen ein, und vergnügte sich dabei auf selbstquälerische Weise an der Ahnungslosigkeit seiner Frau und deren Geliebten. Daß die beiden ihrerseits Mr. Jones für den ahnungslosen Trottel hielten, vergrößerte sein wutbefeuertes Vergnügen beträchtlich.

Mr. Jones war ein neugieriger, analytischer Kopf, aber das Kalt-Analytische war bei ihm, wie bei Architekten häufig, gebrochen durch einen stark künstlerischen Einschlag. Projekte, die er plante, wurden mit größter Genauigkeit ausgeführt. Ihm lag an den Mitteln und Materialien, mit denen er seine Bauten herstellen ließ, ebensoviel wie an diesen selbst, und die detailbesessene Präzision, gepaart mit einer Prise genialischer Phantasie, waren es, die seinen Ruf als hervorragenden Architekten ausmachten.

Auf dem Rückweg von einer Baustelle in Sebastopol stieß er einmal auf einen offenbar nicht mehr benutzten Seitenpfad, der von der Landstraße abzweigend in die Sonoma-Hügel hinaufführte. Die Abzweigung war ihm überhaupt nur aufgefallen, weil dort ein verlassenes Farmhaus in einem verwilderten Garten mit sehr alten Bäumen seine Aufmerksamkeit erregt hatte; er war nämlich darauf spezialisiert, alte Häuser im Pionier-Stil zu restaurieren. Das Haus war zwar nicht mehr zu retten, Termiten und Ameisen hatten seine tragenden Teile völlig ausgehöhlt, aber weil Mr. Jones viel Zeit hatte, seine Frau war zur Analyse bei Dr. Wilson, und weil er von Natur aus neugierig war, folgte er dem überwachsenen Weg, der ihn nach einigen Windungen aufwärts zu einer Geisterstadt führte, wie man sie in Kalifornien gelegentlich noch findet: Eine Ansammlung eilig zusammengezimmerter, jetzt verfallener Hütten und Buden, Überbleibsel aus den Tagen des großen Goldrausches, durch die der Bergwind Staub fegte. Verrostete Gleise einer ehemaligen Lorenbahn führten auf den Hügelabhang zu und verschwanden in einem Stollen, an dessen Eingang sich eine einzelne, verwachsene Kiefer krümmte, kaum so groß wie Mr. Jones selbst.

Er stieg aus seinem Wagen, nahm Streichhölzer mit, um Licht zu haben, und ging in den Stollen hinein. Der kaum mannshohe, mit Holzstämmen ausgekeilte Gang, in dem diffuses Dämmer herrschte, gabelte sich nach wenigen Metern. Mr. Jones entschied sich für die Abzweigung nach rechts und folgte ihr, nun in vollkommener Dunkelheit, sich an den Balken entlangtastend, bis er gegen eine Art Zaun stieß, der in Brusthöhe den gesamten Gang versperrte. Als er tastend den Fuß vorschob, spürte er eine Kante aus Brettern – und dann Leere. Nachdem er ein paar morsche Holzstücke vom Boden zusammengerafft und Feuer gemacht hatte, sah er, daß er sich direkt vor einem vertikal ins Bodenlose abstürzenden Schacht befand, der vielleicht einmal ein Brunnen gewesen sein mochte. Er warf eine Handvoll Steine hinab, hörte aber weder Aufprall noch Echo, als das Geländer plötzlich unter seinem Gewicht nachgab. Er sprang zurück, trat dabei das Feuer aus, beißender Qualm und nachtschwarze Dunkelheit, die Streichhölzer verbraucht. Auf Händen und Füßen kroch er an den Rand des Schachtes, stellte tastend fest, daß die Querleiste der Barriere noch locker auf einem der beiden Pfosten hing, legte sie wieder so, wie er sie angetroffen hatte und tastete sich wie ein Kranker aus der Dunkelheit zurück in die milde Nachmittagssonne.

Beim großen Wohltätigkeitsball der Stadt, einige Wochen nach diesem Ereignis, hatte Mr. Jones es so eingerichtet, daß Dr. Wilson mit ihm und seiner Frau am gleichen Tisch saß. Mr. Jones benahm sich absichtlich nervös, zerstreut und abweisender als gewöhnlich. Als seine Frau von einem Nachbarn zum Tanz aufgefordert wurde und auf der Tanzfläche verschwunden war, fragte Dr. Wilson näherrückend auch ohne Umstände, was mit ihm los sei.

Nach einigem Zögern erzählte Mr. Jones, ihn quäle ein ungewöhnlicher Traum, der sich in leichten Variationen seit geraumer Zeit bei ihm wiederhole.

Wir wissen genug vom Wesen der Menschen, vom schlechten Gewissen heimlicher Liebhaber und von der berufsnotorischen Neugier der Psychiater, um zu verstehen, daß Dr. Wilson keine Ruhe gab, bis er den Traum gehört hatte. Mr. Jones wand sich ein wenig, gab zu bedenken, daß der Traum fatalerweise eben von ihm, Dr. Wilson, handele – was dessen Neugier, wie sich denken läßt, ins Extreme steigerte.

«Ich warne Sie aber», sagte Mr. Jones schließlich mit scheinbar erpreßter Ruhe, «mir macht dieser Traum schwer zu schaffen. Und ich möchte nicht, daß Sie als einer meiner besten Freunde damit belastet werden.»

«Nur los, nur los», lächelte Dr. Wilson mit gemischten Gefühlen, denn er fürchtete, ob in Mr. Jones' Verhalten womöglich Hinweise versteckt seien, daß er Wind von der Affäre mit seiner Frau bekommen habe. «Nur los, dafür bin ich schließlich da, es ist mein Beruf...»

«Also gut. Ich sah Sie in Ihrem Wagen fahren. Wo, weiß ich nicht, vielleicht in den Hügeln von Sonoma. Sie stoppten an einem verwilderten Garten, in dem ein verfallenes Farmhaus lag, umgeben von mächtigen Bäumen. Ich rief Ihnen etwas zu, Warnungen wohl, aber sie hörten mich nicht, sondern gingen in die Hügel hinein bis zu einer Geisterstadt. In einem Hügelabhang befand sich eine Tür oder ein Loch», Dr. Wilson nickte verständnisinnig, «und daneben eine verkrüppelte Kiefer, kaum so groß wie ich selbst», Dr. Wilsons Lächeln wurde für einen Augenblick fast verräterisch breit, «und Sie gingen da hinein in dies gefährliche Loch. Obwohl es völlig dunkel war, konnte ich Sie immer noch sehen und rief Ihnen weiterhin meine Warnungen zu, doch Sie tasteten sich einen lichtlosen Gang entlang, bogen an einer Gabelung rechts ab und kamen an ein unendlich tiefes Loch, vor dem sich ein Gitter befand.»

Dr. Wilson hörte mit gespannter Aufmerksamkeit zu, Schweiß stand ihm auf der Stirn. «Weiter», sagte er heiser.

«Ich schrie ‹Gehen Sie da weg! Weg aus dem Vorhof!›, das waren meine Worte im Traum. Und im Traum hatten sie Sinn, aber jetzt verstehe ich ihre Bedeutung nicht mehr. Sie hörten mich nicht oder wollten mich nicht hören, sondern lehnten sich gegen dies Geländer und sahen gespannt auf das Wasser dort unten. Und dann bekamen Sie irgendeine Information.»

«Was für eine Information?» unterbrach ihn Dr. Wilson erregt.

«Ich weiß es nicht, aber sie war wichtig. Ich weiß es nicht, weil ich in diesem Moment erwachte. Ich glaube aber, es ist gut, daß ich Ihnen den Traum erzählt habe, weil ich mich nun doch etwas erleichtert fühle. Sie können mir den Traum vielleicht interpretieren?»

«Gewiß, gewiß», nickte Dr. Wilson, «nichts leichter als das. Aber welche Information habe ich bekommen? Nun ja, das verlassene Haus steht für...»

In diesem Augenblick kam Mrs. Jones von der Tanzfläche zurück, lächelnd, mit geröteten Wangen, jung, sehr schön.

«Setz dich zu uns, Kleines», sagte Mr. Jones liebevoll und streckte seine Hand nach ihr aus.

Gut zwei Wochen später lud Mr. Jones seinen jungen Freund Dr. Wilson, nachdem sie eine Partie Golf gespielt hatten, zu einer Weinprobe auf eins der zahlreichen Weingüter Sonomas ein, da er dort einen besonders guten Chablis entdeckt habe. Beiläufig brachte er das Gespräch wieder auf seinen Traum, und Dr. Wilson gab ihm allerlei kluge Erläuterungen, die sich Mr. Jones interessiert anhörte.

«Vielleicht sollte meine Frau die Behandlung bei Ihnen beenden», sagte Mr. Jones lächelnd, «und statt ihrer nehmen Sie sich dann einmal mich vor.»

«Aber ich bitte Sie!» winkte Dr. Wilson ab. «Dafür gibt es doch überhaupt keinen Grund.»

Auf dem Rückweg, Dr. Wilson war leicht angetrunken, wählte Mr. Jones wie zufällig eine bestimmte Route abseits des Highways. Plötzlich bremste er abrupt, sah verwirrt nach links, fuhr sich mit der Hand über die Augen und schüttelte entsetzt den Kopf.

«Nein», flüsterte er tonlos, «nein, das kann doch...»

«Fehlt Ihnen etwas?» fragte Dr. Wilson besorgt.

«Nein, nein, nichts», erwiderte Mr. Jones hastig, «der Wein, die Hitze, ich weiß nicht, was. Wir sollten jetzt schleunigst nach Santa Rosa zurückfahren.»

Inzwischen hatte sich Dr. Wilson umgesehen, und da, links von der Straße, sah er einen staubigen Pfad in die Hügel hinaufziehen und an der Kreuzung einen verwilderten Garten, in dem ein brüchiges Farmhaus hinter alten Bäumen hervorschaute.

«Ja», murmelte jetzt auch Dr. Wilson, «wir sollten schnell nach Hause. Ich fürchte, Sie sind...»

«Krank», ergänzte Mr. Jones trocken. «Sprechen Sie's doch ruhig aus, Doktor. Sie beleidigen mich nicht.»

Sie wechselten kein Wort mehr untereinander. Mr. Jones, der eigentlich noch einen Termin bei der Baubehörde hatte, legte sich, in Santa Rosa angekommen, unverzüglich zu Bett, sagte, er habe Fieber und ließ sich eine Woche lang von seiner Frau pflegen.

Einige Tage später wurde Dr. Wilson als vermißt gemeldet.

Ein halbes Jahr nach diesen Ereignissen fand eine Gruppe Pfadfinder, die campierten, Dr. Wilsons Wagen, der in einer Geisterstadt an den Ausläufern des Sonoma-Tals abgestellt war. Von ihm selbst hat man nie wieder etwas gehört.

Nachdem McCellar seine Geschichte erzählt hatte, schwiegen wir eine Weile, amüsiert und ein wenig nachdenklich. Jeder von uns versuchte wohl, sich seinen Reim auf die Pointe zu machen, daß hier die Psychoanalyse gewissermaßen auf sich selbst hereingefallen war.

Es war Dr. Jamison, der das Schweigen brach, indem er sagte, die Dichter hätten schon lange vor Freud, hätten wahrscheinlich schon immer geahnt, was dann die Psychoanalyse sozusagen offiziell entdeckt habe. Heute jedoch, da diese Sphäre, die ursprünglich den Dichtern und Künstlern allein gehört habe, durch die Wissenschaft erhellt und durch Popularisierung und Verballhornung jedem halbwegs Normalbegabten zugänglich gemacht worden sei – als psychisch defekt gälte inzwischen ja geradezu der Nichtneurotiker –, sollten die Dichter doch lieber in Regionen vordringen, in denen noch Dunkelheit herrsche, um dann aus dieser Dunkelheit heraus ihr poetisches Licht zu werfen; eine neue Wissenschaft könne dies dann wiederum zur Lampe umfunktionieren.

Bevor ich fragen konnte, an welche dunklen Bereiche Dr. Jamison denn hier dächte, mischte sich jedoch McCellars Freundin, die bis dahin kaum den Mund aufgemacht hatte, ins Gespräch und behauptete überraschend energisch, es sei ein fataler Irrtum zu glauben, daß das komplizierte Verhältnis zwischen Dichtung und Psychoanalyse geklärt sei, nichts mehr hergäbe, oder daß gar jeder Normalbegabte, wie Dr. Jamison unterstellt habe, die Psychoanalyse verinnerlicht habe. Es gäbe beispielsweise ein psychologisches Spielchen, an das die Geschichte sie unter anderem erinnert habe, von den Anspielungen auf Eheleben im allgemeinen und das von Psychiatern im besonderen einmal abgesehen. Um scheinbar unverfängliche Begriffe wie Haus, Garten, Pfad, Loch, Baum und so weiter müsse man sich eine Geschichte ausdenken, angereichert mit den eigenen Erfahrungen, Wünschen und Phantasien, und die Erzählstruktur dieser Geschichte sage dann sehr viel über die psychische Disposition des Erzählenden aus.

Wir kannten alle dies Spiel, konnten uns jedoch trotz heftiger Diskussion nicht darüber einigen, für welche psychischen Konstellationen und Zustände die jeweiligen Begriffe in ihrer Bildlichkeit stehen sollten.

Und während McCellars Freundin die Schwierigkeit, hier einen Konsens zu finden, als Bestätigung ihres Einspruchs gegen Dr. Jamisons Meinung empfand, nahm unser Gespräch bald eine ganz andere Richtung.

Nachsaison

Als die Straßenströme von der Dämmerung geglättet im Schatten lagen, die Sonne nur noch ein Nachglühen auf den getönten Scheiben des Centers war und wie unter schwerem Druck plötzlich Licht aus den Fenstern zu platzen begann, ging er noch einmal ins Büro. So konnte er sicher sein, nur die schwarze Telefonistin und die Leute in den gelben Overalls anzutreffen, wenn sie mit routinierter Gleichgültigkeit die Abfälle eines Geschäftstages verschwinden ließen. Abschiedsszenen, die gestern bei seinem Ausstand gespielt worden waren und die er mitgespielt hatte, wie er während der Zeit hier im Turm immer die Spielregeln befolgt hatte, sollten sich nicht wiederholen. Schon der erste Aufguß war schal genug gewesen. Natürlich waren alle leicht angetrunken, Cocktails und Martinis, und er hatte sogar noch einmal mit der Frau aus der Akquisition geflirtet, wie er es vom ersten Tag an getan hatte, und dabei gespürt, daß es jetzt erleichternd war, über den Kitzel dieses Flirts nie hinausgegangen zu sein. So konnten sie sich auch beim Abschied noch herausfordernd in die Augen blicken und das Unverbindliche dieses Blicks genießen.

Seine Augen streiften den leeren Schreibtisch, den gesäuberten Papierkorb, den Drehstuhl, der auf einen anderen wartete. Dann nahm er den Umschlag mit den Arbeitspapieren und der Abrechnung aus seinem Postfach, über dem bereits der Name seines Nachfolgers klebte, was ihm einen leichten Stich versetzte, winkte der Telefonistin und ging. Hinter ihm schnappte die gläserne Flügeltür sanft ins Schloß. Der Etagenflur, zu dieser Tageszeit fremdartig leer, schien sich unter dem gleichgültigen Neonlicht in die Länge zu ziehen, erkaltet. Das Geräusch seiner Schritte, vom Teppichboden nicht vollständig verschluckt, prallte, ein zögerndes Echo, von den Wänden.

Der Fahrstuhl schloß sich um ihn, mechanisch erstarrte Umarmung. Auf der Leuchtanzeige glitten die Stockwerke davon, zu Zahlen geschrumpfte Höhe, 57, 56, 55, nirgends stieg jemand zu, 45, 44, 43, der Fahrstuhl die Vene in einem schlafenden Körper, die verbrauchtes Blut zum Herzen zurückpumpt. Er tastete nach dem Ticket in seiner Brusttasche; morgen würde er zurückfliegen, zurück ins Gewesene, Ehemalige. 38, 37, 36, ja, jetzt war er sechsunddreißig, und 35, 34, 33 war er gewesen, als man ihm den Job anbot und er ohne Zögern angenommen hatte. Drei Jahre New York bei gutem Gehalt, das war eine Chance. Die Chance, mit der Langeweile zu brechen, mit den ewig gleichen Gängen, Blicken und Gesichtern. Und auch die Einsamkeit, die ihn umarmt hielt, seit Lisa und er sich getrennt hatten, wollte er hinter sich lassen wie einen abgetragenen Regenmantel. Hier trug er die erwünschten Geschäftsanzüge, und hier mußte er arbeiten wie nie zuvor, 12, 11, 10 Stunden täglich, aber er akzeptierte die Anforderungen des Jobs fast dankbar, denn so kam er kaum zum Nachdenken über sich selbst oder Lisa, und 5, oder waren es sechs? Frauen, mit denen er hier geschlafen und 3, 2, 1 – drei Jahre waren an ihm vorbeigerauscht.

Ein lautloses Zittern, der Fahrstuhl gab ihn frei.

Durch die Halle wogte Feierabendbetrieb, verschattete, abdämmernde Hektik, die auch nachts nie ganz zur Ruhe kam. Plötzlich erfaßte ihn Übelkeit, ein unbestimmtes Schwindelgefühl, das ihn hier während der ersten Wochen beim Fahrstuhlfahren überfallen hatte, um bald in Gewohnheit zu versinken. Seltsam nur, daß es heute, am letzten Tag, wieder an seinen Magen klopfte, ein ungebetener, vergessener Gast.

Der Spätsommer drückte auf Manhattan, die Hochhäuser standen wie gestaucht, die hupende, stinkende, dröhnende Brandung durch die Häuserschluchten, und auch das war wieder ein Schock wie in den ersten Wochen. Es zerrte an seinen Nerven, während er die sieben Blocks zu seiner Wohnung ging, sprang ihm in die Ohren, setzte die Poren seiner Haut zu, rempelte, schob ihn, eine ins Ungeheure rotierende Dampfwalze.

That's life, nickte der Portier nach einem Blick in sein verschwitztes Gesicht munter, und er nickte zurück und versuchte leicht entgleisend das amerikanische Dauerlächeln. Auf dem Bett liegend wußte er, daß die Stadt das Leben nicht war und daß das Leben so nicht war oder zumindest so nicht sein sollte. Einige Minuten hielt er die Augen geschlossen und versuchte, nach innen zu lauschen, sich auf seinen abebbenden Herzschlag zu konzentrieren, bis Kopfschmerz wie von weither, von irgendwo außer ihm auffunkte, spiralenförmig anschwellend näherzog, so daß er schwankend aufstand, ins Bad ging, den Kopf unter Wasser hielt, die Kälte fühlte sich im ersten Moment wie Hitze an, Tabletten nahm. Das rhythmische Bohren wurde dumpfer, sackte nach unten weg, ein feiner, fräsender Strahl blieb, dann schaltete etwas ihn ab.

Er zog die Jalousie hoch. Der Himmel blau wie Tinte, darunter die gelben Augen der Fenster. Er fragte sich, wie viele Leute in dieser Stadt in möblierten Apartments wohnten, vorübergehend, keine Spuren hinterlassend, flüchtig. Es kam ihm vor, als sähe aus jedem der unzähligen Fenster, die zusammen ein flimmerndes, formloses Ornament bildeten, ein Gesicht, und alle Gesichter schauten zu ihm herüber. Da ließ er die Jalousie wieder herunter und fragte sich, wie viele Leute jetzt so wie er zu Bett gingen.

Neben der Tür warteten die Koffer, schwer bepackt, doch aus leichtem Material. Er träumte von einem weißgekalkten Operationssaal. Tropfen für Tropfen fiel das Betäubungsmittel durch die Maske in seinen Atem, der Körper wie Blei, das Gehirn eine in der Brandung schlenkernde Qualle. Die Stadt hatte ihn narkotisiert. Ich spüre nichts mehr, hatte er oft zu sich gesagt. Aber er spürte noch, spürte wieder. Und alles, was er in der Narkose erlebt hatte, mußte gewirkt haben, unterirdisch und tief. Träumend war ihm, als ob er erwachte und das, was mit ihm geschehen war, als er im künstlichen Schlaf der Geschäftigkeit und vorbeitanzenden Affären lag, begann zu schmerzen.

Er lag auf seinem linken Arm, der eingeschlafen war. Er schüttelte ihn, und während das Blut in die Gefühllosigkeit drang, wußte er, daß nichts, gar nichts sich verändert haben würde, wenn er heute zurückflöge. Derselbe würde genau dort ankommen, von wo er vor drei Jahren abgereist war.

Er schlug die Morgenzeitung auf, blätterte gelangweilt erst, gezielt plötzlich, Ferienhäuser, Nachsaisonpreise, nicht zu weit entfernt, New Jersey Shore, Asbury Park, Point Pleasant, Bay Head. Er rief den Makler an. Das Haus war frei, zwei Stunden Bahnfahrt. Er stornierte seinen Flug, griff die Koffer, ein Taxi, Grand Central Station.

Raffinerien, rostende Stahlgerippe, Lagerhallen, deren Dächer mit grauem Gras bewachsen waren, endlose Halden von Schotter, Kohle oder Sand, nicht zu unterscheiden, Schornsteine, trüben Rauch spuckend, halbverfallene Fabriken, Relikte besserer Zeiten, dann wieder moderne Schuppen aus glitzerndem Aluminium, Kaianlagen mit Schienen und Kränen, Loren, Verschiebebahnhöfe, Waggons so weit das Auge sah, dazwischen gigantische Parkplätze, Autos in allen Regenbogenfarben, kaum einmal ein Mensch und überhaupt kein Grün, der Himmel tief, grau und schwer, als wolle er sich an den Fernsehantennen den schauerprallen Leib ritzen. Die Industrielandschaft zwischen New York City und Newark, «urbaner Großraum» nannte man das im Büro, durchschnitten von sechs, achtspurigen Highways, überzogen von Brücken, untergangen von Tunneln, darüber pausenlos Flugzeug- und Hubschrauberverkehr.

Im Zug war es merkwürdig still. Geräuschlos glitt er durch das mechanisch rhythmisierte Labyrinth, über sich verwirrend verzweigende Schienenstränge, seit Newark Station südwärts, den Stränden der Atlantikküste entgegen. Hinter einer Brücke, deren über und über mit Rost bedeckte Eisenkonstruktion altertümlich wirkte, hinfällig, zugleich aber etwas fremdartig Lebendiges hatte, ein erstarrtes Spinnennetz, tauchte parkähnliches Gelände auf, Rasenflächen, alte Bäume, die aber, bevor er sie fixieren konnte, sogleich hinter rußgeschwärzten Schallschutzmauern verschwanden.

Sein Gegenüber im Abteil, ein etwa sechzigjähriger, braungebrannter Mann, grauer Schnauzbart, weiße, angeschmutzte Kapitänsmütze, redete seit Newark mit selbstverständlicher Unkompliziertheit auf ihn ein oder redete nur sein Alleinsein von sich fort, und er gab kaum Antworten, es wurden auch keine erwartet, sondern nickte nur gelegentlich wie geistesabwesend.

Für die Schallschutzwände, wußte der Mann, der eben noch davon erzählt hatte, wie man ihm einen Herzschrittmacher eingesetzt hatte, und er sprach darüber begeistert, als handele es sich um eine enorme, gewissermaßen sportliche Leistung, Ärzte und Patient ein Team, für die Wände habe man all die alten Bäume des betreffenden Gebiets fällen müssen, über tausend, wenn nicht noch mehr, und vollführte dabei eine abrupte Abwärtsbewegung mit der Handkante.

Schade, sagte er, und da endeten die Schallschutzwände und gaben den Blick frei auf die Villenvororte New Jerseys, «Garden State», Pendler-Oasen der Oberschicht, aus denen die Männer Morgen für Morgen nach Manhattan fuhren, ihre Geschäfte machten, ihre Geliebten besuchten, Abend für Abend erschöpft heimkehrten, während die Frauen das Personal und die Kinder beaufsichtigten, in den Country Clubs Tennis spielten und für mildtätige Zwecke aktiv wurden.

Das sei der Fortschritt, sagte der Mann, und es klang stolz; jedenfalls war keine Spur von Trauer oder Ironie in seiner Stimme.

In Asbury Park stieg der Mann aus und empfahl ihm, über die Schulter warf er das, es leichtzunehmen.

Landeinwärts lichtete sich die Bebauung, vereinzelt tauchten Pinien auf, die sich rasch zu Hainen zusammenschlossen, kleine Wäldchen bildeten, Vorboten riesiger Staatsforste, kaum noch Industrie, hin und wieder locker zusammenhängende Ortschaften oder alleinstehende Häuser, Farmen sogar und Tiere auf dunkelgrünen Weiden. Seewärts dagegen eine fast geschlossene Front weißgestrichener oder grau und braun verschindelter Holzhäuser, zwischen deren gepflegten Garageneinfahrten manchmal das Meer wie ein Spiegel aufblitzte oder ein Streifen Strand gelb hervorquoll wie Senf zwischen den Lagen eines Sandwiches.

Die Bewölkung riß auf, Sonne fingerte unsicher nach seinem Gesicht. Er blinzelte zu den vorbeischießenden Dingen und konnte sie nicht erfassen. Ihm schwindelte wie früher und gestern im Fahrstuhl, und in diesem Schwindelgefühl bildete sich verschwommen der Gedanke, daß die Dinge gar nicht vorbeischossen, sondern sich um ein sehr fernes Zentrum drehten, einen Mittelpunkt oder eine Art Achse, von dem oder der er nicht wußte, ob er oder sie real oder eingebildet war, und um diesen Mittelpunkt herum bildeten die Dinge einen sich immer stärker beschleunigenden Strudel, der alles ins Zentrum riß, dessen Zustand – oder war es kein Zustand, sondern eine Formel? – Ruhe war. War er nicht schon einmal in diesem Mittelpunkt gewesen? Gekannt hatte er ihn doch oder wenigstens von weitem gesehen. Damals der Urlaub mit Lisa; sie waren so glücklich gewesen, daß er gewußt hatte, es müsse ein Ende kommen, weil es in solcher Dichte, Nähe nicht zu halten war. Und dann war das Ende auch gekommen, und nichts war geblieben vom Zentrum, nur ein Gefühl der Hohlheit und

Leere, weil alles in den Wirbel geraten war, der ihn in Stücke schlug und schlug. Und derart zerschlagen stand er eines Tages auf dem JFK-Flughafen von New York, wollte sich neu und anders zusammensetzen, und ahnte nicht, daß die Stadt ihn nur immer weiter zerstreuen, von sich forttreiben würde. Denn wenn es ein Gesetz, eine Formel dieser Stadt gab, dann war es diese: Atomisierung, Demontage des Zusammenhangs, Zersplitterung des einzelnen. Er kannte das Gesetz nicht, als er dicht an die anderen Reisenden gedrängt am Gepäck-Claim wartete. Einer nach dem anderen kamen die Taschen und Koffer aus der Tiefe und drehten sich auf dem Laufband unter den Augen der Wartenden im Kreis, immer im Kreis, und die Koffer sahen alle gleich aus und die Reisenden sahen auch alle gleich aus, und er wußte nicht, welcher sein Koffer war, so daß er wartete, bis alle anderen ihre Koffer genommen hatten und nur noch seiner vor ihm im Kreis lief.

Bay Head. Kein Bahnhof, eine Station an der Strecke, Schranken, ein offener Unterstand. Am Himmel nur noch ganz wenige Wolken, die über dem Ozean verwehten. Die Sonne kraftvoll, salzige Luft.

Der Mittag eines ersten Septembertags.

Überall blätterte und platzte die weiße Farbe in größeren und kleineren Partien von den rissigen Dielen. An Stellen, die häufig begangen wurden, auf den Schwellen, lag das Holz nacktgetreten in einem verwitternden Grau. Einmal fragte er sich, wieviel Farbe sich in diesen Tagen unter seinen Schritten gelöst hatte. Ein Pfosten des dreistufigen Treppchens, das von der Veranda hinabführte, war ganz frisch gestrichen und glänzte im frühen Tageslicht. Die Farbe hielt das Holz zusammen. Von innen mußte der Pfosten ein Gewimmel wirrer Gänge und Nester sein. Vielleicht herrschte auch eine Ordnung darin, wie ihm oft die Bewegungen der Menschenmassen in den symmetrischen Straßenzügen New Yorks geordnet vorkamen, einem Raster oder Programm folgend, Ornamente des Zufalls bildend, Figuren aus lauter einzelnen, die kurz aufleuchteten und dann sofort wieder zerfielen, um sich in immer neuen Konstellationen zu ordnen. Eine Ameisenstraße zog sich, hin und her hastend, vom Fuß des Pfostens in den kleinen Garten hinters Haus.

Carpenter ants, sagte die Nachbarin, bei der er sich den Hausschlüssel hatte abholen müssen. Man sollte besser den Kammerjäger holen, statt immer nur Farbe zu verschwenden. Aber was ginge es ihn an? In drei Wochen wäre er wieder fort, sie wäre übrigens einmal in Heidelberg gewesen und hätte eine Tour durch die Burgen am Rhein gemacht, und dann kämen auch bald die Herbststürme, und die würde der Pfosten mit Sicherheit nicht mehr überstehen, und der Supermarkt wäre seit Labour Day geschlossen, nur der kleine, aber teure Laden an der Twilight Avenue hätte noch geöffnet, und wenn ihm irgend etwas fehlen sollte, wäre auch sie noch da.

Zwischen dem Verandatreppchen und dem Strand lag nur noch der schmale Streifen Dünengras, sein stumpfes Grün vom Salzgehalt der Luft gebleicht, vom Seewind in Landrichtung zu Boden gedrückt. Die scharfen Ränder der Halme strichen wie feine Messer über die nackten Knöchel, ohne die Haut zu ritzen. Doch blieben weiße Linien zurück, die erst verschwanden, wenn etwas anderes die Haut berührte. Die Erinnerung an das, was man für Liebe hielt, verschwand immer erst mit der nächsten Illusion. Nancy nach Alice, Sarah nach Emily, oder Alice vor Sarah und Emily nach – der Name war schon fort. Diese Affären waren nichts anderes als ein Training für die nächste, eine mehr oder weniger sportliche Übung, wie der Mann im Zug seine Herzoperation als sportliche Übung bewältigt hatte. Und sehr weit in seiner Erinnerung, wie in Nebeln, die sich morgens vom Strand hoben, hörte er manchmal Lisas Stimme – mehr, als daß er sich ihr Gesicht vorstellen konnte.

Hellgelb, beinah weiß und blendend die nach Norden und Süden in einer endlosen Schwingung gegen die Horizonte auslaufende Fläche zuckerfeinen Sandes, in dem die Füße tief einsanken wie in schmelzender Feuchtigkeit. Schritt für Schritt füllten sich hinter ihm seine Fußabdrücke wieder mit diesem beharrlichen, unaufhörlichen Geriesel ausgeglühter Trockenheit, in die der Sommer sich noch klammerte, eine Frau, deren Körperwärme man noch spürt, während schon die Tür zugeworfen ist, und so lag der ganze Strand vollständig spurlos.

Eine Armlänge vor der Wasserlinie war der Sand durch die ein- und ausatmende Feuchtigkeit der Gezeiten dunkelbraun und elastisch; von den Füßen wurden schaumige Bläschen an die Oberfläche gequetscht, Gänsehaut des Sandes, und das Wasser war enttäuschend farblos. Er sah den Grund, die Kerbungen im Sand, von den Wellen gezeichnet, Steinchen, die nur unter Wasser glänzten und in der Sonne unscheinbar wurden, Muscheln, selten lebendige, Tang wie nasses

Schamhaar und Quallen, vor deren dümpelnden Bewegungen er sich ekelte. Das tiefe Blau war stets bei Sonne da, doch begann es erst in Entfernung. Immer war es da, wo er nicht war, sondern sein Blick. Es zog ihn an, vielleicht weil es sich von ihm zurückzog, wenn er ihm hinauswatend oder schwimmend zu folgen versuchte. Einmal, als der Himmel sehr hell und die Luft völlig transparent waren, starrte er angestrengt auf den Horizont, als könnte er das Möwenpaar mit seinen Blicken zurückholen, das dort verschwand, wo Himmel und Meer sich berührten, und es enttäuschte ihn, daß nichts passierte. Aber meistens konnte er sich zusammenreißen und versuchen, an nichts zu denken, vor allem oder wenigstens nicht an Lisa, konnte dann einfach an den Strand gehen und aufs Wasser blicken, ohne etwas zu suchen. Es ereignete sich nicht das mindeste, und es beunruhigte ihn, daß die Ruhe nicht in ihn hineinwollte. Da wuchs nur ein Gefühl, daß die Zeit bis zum Hals im Nichts stand, nach Luft schnappend wie eine ins Wasser gehaltene Katze, und Stunde um Stunde an sich heranzog, aber nicht hielt, nicht einmal verschlang, wie sie die drei Jahre verschlungen hatte. Die Stunden glitten einfach ab und vorbei, ohne Aufenthalt, den Frauen gleich, die der Sog der Stadt an ihm vorbeigespült hatte.

Stille. Und plötzlich noch tiefere Stille, weil der regelmäßige Schlag der Brandung zögerte, als ob etwas seinen Rhythmus gestört hätte.

Abends, wenn der Rand der Sonne den Horizont nach unten drückte und Lichtbahnen übers Wasser flossen, die, verengte er seine Augen zu Schlitzen, aussahen wie endlos verschwimmende Reihen aus Autoscheinwerfern und Rücklichtern im nächtlichen New York, überkam ihn manchmal das Gefühl, in einer zeitlupenhaften Bewegung um die Sonne gedreht zu werden, ohne ihre Rückseite zu Gesicht zu bekommen. Nebel stiegen auf und zogen als atmende Schleier dem Strand zu, so daß er meinte, in Sümpfen zu waten.

Dann begann er seinen Rückweg, schlug Haken und Bogen durch den kleinen Ort, der in den Dämmerungen noch verlassener wirkte. Die Fenster der beplankten und weißgestrichenen oder geschindelten und grau angewitterten Häuser lichtlos, versperrt; die Tische und Stühle vor den beiden Cafés zu turmartigen Haufen geschichtet und mit Planen abgedeckt. Von den wenigen Leuten, die das ganze Jahr über in Bay Head wohnten, sah er nur selten jemanden, gelegentlich die Nachbarin, Witwe eines Marineoffiziers, die viel redete und ihre Tage mit Lockenwicklern im Haar vor dem Fernsehgerät hinbrachte, und regelmäßig den Besitzer des Ladens, der ihn schnell so gut kannte, daß jeden Abend die Flasche Whiskey in der braunen Papiertüte bereits neben der Kasse auf ihn wartete.

Im Grunde war die Nacht überall gleich. Hier am Strand war sie stiller als in der Stadt, doch in ihrem Dickicht verbarg sich die gleiche Schwerelosigkeit, die plötzlich in Schwerkraft umstürzen konnte. Die Schwärze, der Verlust der Sonne. Es würde ihn immer erschrecken, und erst nach dem zweiten oder dritten Glas stellte sich eine Art schwankendes Gleichgewicht her. Durch ihren altmodisch facettierten, gläsernen Schirm warf die Stehlampe Muster gegen Wände und Decke. Er zeichnete diese Muster mit der Hand nach, als ob sich in ihnen Schrift und Botschaft versteckt hielten, die er entziffern könnte, wenn er das Gesetz ihrer Form verstünde. Aber er verstand nicht; denn weil er Angst davor hatte, einsam zu sein, fand er nicht zu sich selbst, als er endlich allein war.

Draußen zogen im auffrischenden Wind Wolken über den Mond, bildeten Straßen, Avenuen, Highways, wiederholten sich wie die Rippenbögen einer im Schlaf atmenden Frau. Es war nicht lange her, daß er Parfum und Schweiß einer Frau von seiner Haut gewaschen hatte, Sarah, oder Emily, oder, der Name fiel ihm nicht ein, immer in der Hoffnung, Liebe zu finden und immer auf dem Sprung, ihr auszuweichen. Wenn er bereit war, sich zu verlieben, fand er keine Frau, die diese Bereitschaft mit ihm hätte teilen wollen. Sobald er aber mit einer Frau zusammen war, schloß seine sentimental geöffnete Sehnsucht sich sofort wieder wie Blätter eines Mimosenbuschs, den man mit der Fingerspitze berührt. Die Hoffnung, diesmal könnte es mehr sein, für länger oder sogar wie damals, verdunstete in den Momenten nach dem Beischlaf wie Wasser aus der Schale auf der Heizung. Dann lag er stumm neben diesen Körpern, während Schweigen auf seinen Lippen blühte wie ein Geschwür.

Er blätterte in seinem Adreßbuch. Wen könnte er jetzt anrufen? Die? Oder die? Und wer von ihnen käme? Die? Oder die? Er schleuderte sein Glas gegen den Lampenschirm. Er schien einen Augenblick zu zögern, als bedenke er eine Reaktion auf den Angriff, dann brach er mit einem Geräusch auseinander, das wie ein enttäuschtes Seufzen klang. Scharf zerknallte die Birne, daß er erschrak.

Auf den Fensterbrettern spreizte sich schon der Morgen, und er starrte unverwandt auf die Scherben, fühlte sich in Scherben zerfallen und wußte, daß es wie immer einer schmerzlichen Anstrengung bedürfen würde, die Form wiederherzustellen, die er mit sich herumtrug. Die Form, die er manchmal von ferne sah, die er vielleicht sein wollte, hatte er nie zu bauen versucht, weil er sich davor fürchtete, sie nie zu erreichen. So steckte er im Bequemen, Schmerzen in Kauf nehmend, und schob das Mögliche, dessen Konturen verschwammen, immer weiter von sich.

Wie der Nebel, der sich am Morgen vom Strand hob, keine Spuren im Sand hinterließ, so hatten die Körper derer, mit denen er in New York die Nächte geteilt hatte, keine Spuren in ihm hinterlassen. Er kehrte die Scherben zusammen und ging an den Strand, der ihn tröstete, aber in der aufsteigenden Morgenkühle verstand er, daß er die Leere, in der er sich glaubte, noch gar nicht erfahren hatte – und also einen Trost auch gar nicht verdiente. Denn er wollte noch getröstet werden, und er konnte sich noch trösten lassen.

Er zog sich aus und sprang ins Wasser. Der Biß der Kälte in seiner Haut lüftete ihn aus; er gab sich dem Schmerz der Kälte hin, aus der Klarheit kam. Die Gewalt des Ozeans streifte ihn, flößte ihm eine Ahnung davon ein, was ein Meer wirklich war. In New York hatte ihn die Fremdheit und das Herausfordernde des anderen Landes auch immer nur gestreift; er hatte sich nie auf das Land eingelassen, war Fremder geblieben, Tourist mit Arbeitserlaubnis, Angestellter eines deutschen Planungsbüros, Auslandsfiliale. Er wußte plötzlich, daß er die Chance vertan hatte, sich neu zu ordnen, vielleicht sogar zum Horizont zu gelangen, an die Grenzen seiner Möglichkeiten. Aber er hatte nur ihre Riffe gesehen, Vorinseln vielleicht.

Nein, er machte sich nichts mehr vor, als er nun den Strand entlanglief, um sich aufzuwärmen. So waren Lisa und er oft nebeneinanderher gelaufen, hatten sich außer Atem in den Sand fallen lassen, gelacht, und vor Glück hätte er beinah einmal geweint, und in den aufschießenden Tränen war die Gewißheit gewesen, daß das Ende schon nah war. Die Sonne hatte den Nebel durchgebrannt. Er begann zu schwitzen, lief weiter, lief nach Norden, bis er als feinen, schwarzen Federstrich auf der gelben Fläche die Holzpromenade von Point Pleasant erkennen konnte. Da legte er sich in den Sand und schloß die Augen.

In einem August war er in New York angekommen. Die Stadt eine gigantische Bratpfanne, in der ein Gericht, gemischt aus undefinierbaren Zutaten, die ineinander überschmolzen, in seiner eigenen Hitze verkochte. In der Luft ein nie abreißendes Dröhnen, das bei Nacht nur gedämpft war, und dies Dröhnen übertönt vom hellen Singen der Klimaanlagen. Im Freien verursachte die kleinste Bewegung Schweißausbrüche; er wechselte mehrmals täglich das Hemd. An den Wochenenden ergoß sich die halbe Stadt stöhnend an die Strände. Er hätte es sich leisten können, nach Long Island zu fahren oder hierher, nach Süden an die New Jersey Strände. Doch in jenem ersten Sommer zog ihn Coney Island an, immer wieder, der öffentliche Stadtstrand – worüber man im Büro die Nase rümpfte. Viel zu voll und zu dreckig, hieß es, und gemeint war: zu viele Schwarze.

Und Coney Island war in der Tat ein hoffnungslos überfüllter Strand, und besonders sauber war es dort auch nicht, aber ihm schien dieser Strand ein Bewußtseinszustand, ein Brennglas, in dem sich alle Widersprüche New Yorks bündelten. Die paar Meilen Sand, unterbrochen von Holzgerüsten der Piers und Promenaden, überbelichtete Fotografien eines Albums, dessen Seiten der Wind umblätterte. Hier sah er, was er im weißen Getto des Büros und in den Flüchtigkeiten der nächtlichen Abenteuer nicht zu sehen bekam. Die Körper in ihren verschiedenen Schattierungen, Farben und Formen, in ihren nie gleichen Haltungen der Entspannung, Erschlaffung, der Anspannung und der Energie. In seiner Erinnerung leuchteten diese Momentaufnahmen der Einzigartigkeit jedes Körpers, und die Vielfalt der Einzigartigkeit warf in ihm Echos, als wäre sie eine Sprache. Wenn er abends zurückfuhr, löste sich die konzentrierte Einzigartigkeit im riesigen, bewegten Mosaik der Stadt auf, verschwamm in zusammenhanglosen Punkten, Raster und Pixel auf seinem Computer, wenn er übermüdet daran arbeitete. Aber die wimmelnde Mischung aus Körpern und Sand, Gesichtern und Schatten, Sonne und Augen, erlöste ihn vom Tempo, das er angeschlagen hatte, um der Erinnerung zu entkommen. Das Spiel von Formen und Schatten, aus denen Körper und Dinge heraustraten wie aus den Kleidern, oder in das sie wieder verschwanden, verflimmerten in der Hitze des Tages. Coney Island, das waren einzelne, Einsame, die unvermittelt zu Gruppen zusammentraten, miteinander spielten, sprachen oder nur dastanden, nicht nach dem Woher fragten, nicht nach dem Wohin, oder Familien und Gruppen, die zusammen kamen, um dann am Strand auseinanderzufallen, und alle Hautfarben, und alle Lebensalter, und viele Sprachen.

Einmal dachte er, da kommt Lisa, aber natürlich war sie es nicht, als sie näher kam, sondern nur die Farbe und der Schnitt der Haare.

Einfach das Entfalten einer Decke, umständlich, nachlässig, hastig oder gelassen, die Art und Weise, wie der alte Mann seinen Klappstuhl zur Sonne ausrichtete, die ballspielenden Kinder, die schwarzen Mädchen, deren Alter er nie einschätzen konnte und von denen er nicht wußte, ob ihre Blicke ihn abschätzig oder herausfordernd trafen. Einmal hatte er lange einem Künstler zugeschaut, der, ohne auf Zeit und Zuschauer zu achten, im Sand Skulpturen schuf, auf dem schmalen Raum zwischen Ebbe und Flut, im ständigen Wehen der Brise. Die Figuren würden verschwinden und nur im Gedächtnis ihres Schöpfers Bild bleiben. So etwas müßte ich aufschreiben, dachte er damals, oder abmalen, weil er plötzlich eine Notwendigkeit spürte, diesen schon im Entstehen wieder verfließenden Nachlaß zu sichern. Da war eine Ähnlichkeit zwischen den Figuren im Sand und ihm selbst, aber wieder zu Hause fehlte ihm der Schwung, darüber etwas zu notieren, wie ihm umgekehrt keine Themen zur Hand waren, wenn er den Schwung fühlte, etwas in seine Kladde zu schreiben. Sie blieb, von einigen Adressen abgesehen, leer.

Coney Island, das wußte er heute, an diesem leeren Strand zwischen Bay Head und Point Pleasant, war die große Komödie. Und er hatte also doch an ihr teilgenommen. In kurzen, lakonischen Gesprächen, die in Amerika leichtfallen und so wenig wollen, bemerkte er, daß er einer von ihnen war, aus der Menge, dazugehörte, weil er fremd und endlich angekommen war in New York. Daß die anderen nicht bizzare Kreaturen waren, über die man sich amüsieren konnte. Daß sie einzelne waren, an die zu erinnern sich lohnte.

Das Profil der mageren, faltigen Dame, knöcheltief unentschlossen in der Brandung, ihr Gesicht scharf aufs offene Wasser gerichtet, ihr Rücken dem Strand und Betrieb gekehrt, dem Lärm und dem Schatten. Nur dem Geruch, diesem unnachahmlichen Coney Island-Geruch, konnte auch sie nicht ausweichen, und das gefiel ihm. Er nahm teil an dieser flüchtigen Vision von Verletzlichkeit und Gelassenheit, von Teilhabe und Abkehr, und er konnte teilnehmen, weil er wußte, daß die Vision flüchtig war. Das beruhigte ihn damals, doch heute spürte er, daß sie sich eingegraben hatte in ihn und daß nichts verlorengehen konnte. Und das beruhigte ihn noch mehr.

Oder der spindeldürre Mann, der auf einem Handtuch im Sand lag, seine Knochen und Muskeln so gut Teil der Erde als Teile seines Körpers, wie auch er hier im Sand lag, Teil des Strandes, der bis Coney Island reichte und noch weiter, noch weiter bis an die Strände, über die er zusammen mit Lisa gegangen war. Auch in diesem Anblick sah er seine eigene Hinfälligkeit. Zugleich aber sah er auch die erstaunliche Fähigkeit, trotz unserer selbst weiterzuleben, hier und jetzt, am Septemberstrand.

In den schwarzen, schweren Armen der Mutter, gestreift, gestreichelt vom Licht, das von oben durch die Bretter der Promenade fiel, schlief ein Kind.

Und über allem dieser abstoßende, anziehende, nicht

herzustellende, nur zu erinnernde Geruch aus Senf und Ketchup, Hot dogs und Hamburgers, Pommes frites, Zuckerwatte und salziger Seeluft und von weitem ein Schleier, das war New York.

In den bröckelnden Fassaden Bay Heads nistete helle Melancholie, in der er sich wohl fühlte wie in dem verwaschenen Paar Bluejeans und den Tennisschuhen. Bay Head war der Sommersitz des alten Geldes der Ostküste, das von sich selbst lebte; das große, das neue Geld, das zur Zeit gemacht wurde, zog im Sommer noch ein paar Meilen weiter nach Süden. Er fuhr nach Norden in einem geliehenen Wagen, nach Norden zum Boardwalk, der Holzpromenade von Point Pleasant. Der Geruch dem Coney Islands ähnlich, mit einem durchdringenden Unterton aus Shrimps und gegrilltem Hummer. Unter sich die Planken, rechts Strand und Meer, links der Jahrmarkt des Boardwalks, genoß er die Mischung aus Mondänität und billigem Vergnügen. Hier gab es sogar Schwarze und Hispanics, Leute, die man in Bay Head nie sah, es sei denn als Gärtner, Hausmädchen oder Lieferanten.

Eine Tüte Shrimps in der Hand schlenderte er ziellos umher, sah im Fenster eines Souvenirladens einen geflochtenen Panamahut, der ihm gefiel. Er kaufte ihn, setzte ihn auf, verwandelt. Am Geländer des Boardwalks schwarze Mädchen. Er fragte sich, ob es Huren seien, ob er eine ansprechen sollte, als ihm eine Windböe den Hut vom Kopf riß. Im Gesicht des Mädchens blitzte ein abschätziges Lächeln zwischen ungeheuer weißen Zähnen auf, während er tapsige Schritte hinter dem Hut hermachte. Er ärgerte sich, setzte sich in das

Eiscafé, vor dessen Eingang der Hut zur Ruhe gekommen war, als ob er es sowieso hätte ansteuern wollen. Er brauchte diesen Hut nicht.

Bevor man das findet, was man wirklich braucht, dachte er und rührte die Schokoladensauce zwischen die Eisportionen, versucht man es ständig durch etwas anderes zu ersetzen. Darüber, daß nichts das Richtige ersetzen kann, täuscht man sich immer wieder. So hatte er sich getäuscht im Gefühl des dauernden Verliebtseins, das eigentlich bloß die Bereitschaft zu diesem Gefühl gewesen war, umhergetrieben in der Stadt, von einem Reiz zum anderen, immer Verführungen ausgesetzt, immer neuen Angeboten – und immer neuer Öde.

Nur während der Wochenenden auf Coney Island war er fast frei gewesen von dieser Getriebenheit. Einmal hatte er dort mit irgendwelchen Leuten Fußball gespielt; hinterher wunderte er sich, daß sie Fußball und nicht Baseball oder Football gespielt hatten. Für die Tore brauchten sie Markierungen. Er sah eine Flasche, die von der Brandung angespült zwischen Strand und ablaufendem Wasser torkelte, lief hin und hob sie auf. Sie war aus weißem Glas, mit Tang beschmiert, verkorkt. Als er den Tang abwischte, sah er den Zettel, zog den Korken heraus, um an den Zettel zu kommen, doch er ließ sich nicht herausschütteln. So spielten sie Fußball, und die Flasche mit dem Zettel diente als Pfostenmarkierung, und er nahm sie mit, als er abends nach Hause fuhr. Im Ausguß zerschlug er sie. Auf dem Zettel stand, von Hand geschrieben, ein Gedicht. Das Gedicht hatte mit Wasser zu tun und mit Liebe.

Am Tisch gegenüber eine Frau, vielleicht so alt wie er selbst. Neben ihr ein Kinderwagen mit einem schlafenden Säugling, den sie vor- und zurückschaukelte. Und der fünf- oder sechsjährige Junge, der im Café herumlief, gehörte ebenfalls dazu, denn die Frau rief ihn gelegentlich an ihren Tisch. Sie sah zufrieden aus, obwohl die Anstrengung, zwei Kinder um sich zu haben, als Schatten über ihren Augen hing. Zwischen der Mutter und den Kindern schwang eine Übereinstimmung, die im Café eine durch die Lebendigkeit des Jungen nur noch verstärkte Ruhe ausbreitete. Er fragte sich, ob er sich das wünschte, was man Familienleben nannte, fragte sich, ob so ein Gefühl der Ruhe nicht auch in ihm sein könnte, wären Lisa und er...

Der Junge kam an seinen Tisch und griff nach dem Panamahut. Die Mutter rief, er solle ihn liegenlassen und zurückkommen, aber er setzte dem Jungen den Hut auf und sagte, er könne ihn behalten. Die Mutter lächelte ihm zu, als der Junge mit dem Hut, der ihm über die Augen fiel, abzog.

Er wußte, daß er den Zettel aus der Flasche damals nicht fortgeworfen hatte. Doch je intensiver er darüber nachdachte, desto weiter rutschte die Stelle von ihm weg. Nach einer halben Flasche Whiskey begann er den Zettel zu suchen, packte die Koffer aus, stülpte Hosen- und Jackentaschen nach außen, blätterte in Büchern. Je länger er suchte, desto nervöser, und desto weniger wußte er, warum er den Zettel überhaupt wiederfinden wollte. War da nicht eine Nachricht auf diesem Zettel, eine Nachricht an ihn? War es nicht wichtig, daß er die Nachricht jetzt las, in dieser Nacht, in diesem Haus, an diesem Strand? Aber er fand den Zettel nicht. Während er sich schlaflos im Bett wälzte, versuchte er, sich an einzelne Worte zu erinnern, doch sie kamen nicht zurück.

Gegen Morgen schlief er ein, vom Meer war die Rede, von Wassern und von der Liebe, erwachte im Mittag. Es regnete. Er ging trotzdem an den Strand, dessen Fläche die Farbe des Meeres angenommen hatte, und das Meer lag grau wie der Regen, der aus dem sehr tiefen Himmel fiel. Naß und kalt kam er zurück, ließ sich ein Bad einlaufen.

Lisa und er hatten sich gestritten, wieder einmal. Und wieder einmal wegen gar nichts; er wußte den Anlaß schon zwei Tage später nicht mehr. Er saß in der Badewanne, und sie stand vor dem Spiegel und kämmte sich. Er haßte sie plötzlich. Er wollte nichts anderes, als daß ihr nackter und warmer Körper verschwände, so schnell wie möglich, und ihn allein ließe in seinem heißen Bad. Denn von irgendwoher war ihm der Gedanke gekommen, daß er darüber nachzudenken habe, was seine Bestimmung sei. Bestimmung, als dies pathetische Wort war der Gedanke gekommen, und das Wort ließ ihn nicht frei. Es war lächerlich, aber er wollte diesem Wort nachhängen, allein diesem Wort und dabei allein. Warum mußte sie ausgerechnet ihre Haare kämmen, ihren Kopf unter den Zügen des Kammes nach hinten beugen und irgend etwas Belangloses sagen, während er in der Wanne saß, eitel, ungewaschen, ganz und gar ohne Absicht, sich zu waschen, sondern nur daran zu denken, was seine Bestimmung sein könnte?

Raus! Verschwinde! schrie er, und sie ging ohne ein weiteres Wort. Am nächsten Tag kam sie noch einmal und holte ihre Sachen, zuletzt die Kulturtasche aus dem Badezimmer.

Er wußte, wo der Zettel war. Er hatte ihn zusammengefaltet und in eine Schachtel mit Kopfschmerztabletten gelegt – und diese Schachtel lag in seiner Kulturtasche. Er sprang aus dem Bad, riß gierig den Reißverschluß auf, öffnete die Schachtel, die Tabletten fielen heraus und rollten über den Boden. Wie in Zeitlupe schwebte der gefaltete Zettel hinab, senkte sich in eine Wasserlache auf den Kacheln zu seinen Füßen. Die Tinte verlief.

Er trocknete ihn zwischen Zeitungsseiten, fuhr mit der Faust über das zerknitterte, verweichte Papier.

Abstrakte Landschaft aus Tinte, verflossen, verschwommen, Zeilen ineinander gelaufen, der Strich der Handschrift aufgelöst, einzelne Worte noch, Go... brooks, oder books?... love, ganz deutlich, love, mehrmals, I will..., aber was?, rivers vielleicht hier?, fish einmal und oceans, das Ganze möglicherweise ein dreistrophiges Gebilde, Lied, Gedicht, darunter kein Name, kein Datum, kein Ort.

Durch klare Bäche geschwemmt, die erleuchteten Seitenstraßen des nächtlichen Villages, mündend in die Flüsse der großen Avenuen oder versickernd in trüben Rinnsalen, gedrängt in der Menge, berieben, bestoßen von glatten Körpern, Fischschwärmen, kühl, schillernd, Gesichter in allen Hautfarben, Schuppen, Augen in allen Schattierungen, Formen, abweisend, tot, gehetzt, zappelnd, fliehend, durch Maschen rutschend, neugierig, lächelnd, herausfordernd, schlüpfrig, geil, Aufblitzen in Augenpaaren, die vorbeischwimmen, das Versprechen: da geht dein Glück, und im Zurückschauen verloren im Strom, vorbei, verweht, nie wieder, bis zum nächsten Versprechen, zur nächsten Aufforderung, eine nie abreißende Kette, ein Schleppnetz, Loch an Loch, Reiz auf Reiz, zufällig sich ansetzend an die eigene Haut, den Schuppenpanzer, sich zusammenfindend, aufeinanderfallend, ausgeschmeckt und durchgekaut in wenigen Nächten unter der Oberfläche, ausgespien wieder in die Gewässer der Stadt, weiterdriftend zwischen Steinufern, kanalisiert, in vorschriftsmäßiger Strömung geleitet, reglementiert, Kanalsysteme, im Kreis, Wirbel bildend, einem Zentrum entgegenstürzend, doch das Zentrum nie erreichend, kein Horizont sichtbar, kaum Himmel, keine Weite, nirgends, und die Tageszeiten zerfielen zum bloßen Uhrzeigersinn und die Jahreszeiten zu Schaufensterdekorationen. Im Sommer war es sehr heiß, und die Klimaanlagen sangen, und auf den Körpern lag wenig Stoff. Und im Winter war es sehr kalt, und die Heizungen pumpten, und die Körper waren verpackt. Doch alles dazwischen war verloren.

Der Sommer stand gähnend, zum Gehen entschlossen, noch in der Tür, während der Herbst bereits durch die Fenster sah. Die Nächte dehnten sich, für zwei oder drei Tage war das Meer wärmer als die Luft, bis die Temperaturen sich anglichen. Der Nebel zerstreute sich jetzt erst im frühen Nachmittag, und die Brise wurde zu einem beständigen Wind, der durch Ritzen ins Haus gekrochen kam. Er trug nun Pullover und ging nicht mehr schwimmen. Der Strand verdunkelte sich, wurde feucht, die Fußabdrücke liefen nicht mehr hinter ihm voll. Spuren blieben, die nur manchmal vom Nachtwind zugeweht wurden.

Der Zettel steckte in seiner Brieftasche. Er war

etwas, das er aus diesen drei Jahren mit zurücknehmen konnte, war mehr als die Erinnerung an Skulpturen im Sand, und war doch auch weniger, ein Stück Papier, auf dem einmal Worte gestanden hatten. Er würde sich eine Wohnung suchen, die neue Stelle pünktlich antreten, würde vielleicht Lisa anrufen und sich mit ihr zum Essen verabreden. Sie konnte sich verändert haben in den Jahren. Er würde ihr von New York erzählen, von Coney Island und von Bay Head. Er würde ihr den Zettel zeigen, der eingerahmt über seinem Bett hängen würde.

Über den Boardwalk in Point Pleasant schlenderte der Herbst. Das Eiscafé geschlossen, die Essensdüfte aus den Buden und Ständen verbraucht.

Ein schwarzes Mädchen sprach ihn an. Sehr jung, sicher unter zwanzig, vielleicht erst fünfzehn. Die Mischung aus naiver Kindlichkeit und kalkulierter Geilheit erregte ihn sofort, obwohl er abwehren wollte, und sie hakte sich bei ihm unter. Das Geräusch ihrer roten, hochhackigen Schuhe auf den Holzplanken. Seine geräuschlosen Schritte. Sie versuchte ihn zu überreden, daß er sie mit sich nach Hause nähme, was er brüsk ablehnte. Die Nachbarin sah alles. In Bay Head, hatte sie einmal gesagt und damit einen Witz machen wollen, gibt es viele schwarze, sein fragendes Gesicht in einer Art Kunstpause genossen und dann die «Pointe» nachgeschoben: schwarze Cadillacs.

Sie stiegen in seinen Wagen. Routiniert dirigierte sie ihn ein paar Meilen landeinwärts bis zu einem kleinen Pinienwald. An den Seiten des sandigen Waldwegs weggeworfene Getränkedosen und Zigarettenschachteln.

Hier, sagte sie und fragte, wie er es wolle.

Er zuckte mit den Schultern und fragte sich, ob er überhaupt etwas wollte.

Sie nannte Geldsummen für unterschiedliche Leistungen. Im Radio ein alter Titel der Rolling Stones, you could almost taste the hot dogs, french fries they sell. Under the boardwalk, down by the sea, on a blanket with my baby..., er klopfte den Takt mit den Fingern aufs Steuerrad, nickte zur Musik oder zu ihren Angeboten, griff nach seiner Brieftasche, gab ihr Geld.

Er sei komisch, sagte sie und hatte vielleicht Angst vor seiner Schweigsamkeit. Sie zog ihr giftgrünes T-Shirt über den Kopf, knickte ihren Sitz in Liegeposition, streifte den kurzen, schwarzen Rock ab, on a blanket with my baby, darunter ein roter Slip, hot dogs french fries they sell.

Na los, sagte sie. Was ist?

Er zuckte wieder mit den Schultern, leckte sich die trockenen Lippen, fingerte nach einer Zigarette.

Sie öffnete seine Hose, was er reaktionslos geschehen ließ, und rieb sein Geschlechtsteil. Er fühlte nichts. Nicht einmal Widerstand und keinen Abscheu, nicht einmal vor sich selbst. Er fühlte nichts, under the boardwalk, down by the sea.

Hör auf, sagte er sanft. Es war ein Mißverständnis.

Sie sah ihn verständnislos an und versuchte, seine Hand an ihre kleine Brust zu ziehen. Er steckte den Schlüssel ins Schloß, ließ den Motor an.

Kein Problem, sagte sie. Mach dir nichts draus. So was kommt vor.

Sie zog ihre Sachen an, während er schon den Wagen wendete und sie zum Boardwalk zurückfuhr. Sie sah sich nicht nach ihm um, verschwand hinter einer Fastfood-Bude.

Zu Hause legte er sich aufs Bett und onanierte, wobei er sich vorstellte, daß das schwarze Mädchen mit gespreizten Beinen vor ihm stünde und er ihre Klitoris leckte, dabei jedoch eine leere, durchsichtige Flasche wie ein starres Präservativ über seine Zunge gestülpt trüge.

Als es dunkel wurde, packte er seine Koffer. Er fühlte sich in Sicherheit, weil er keine Sicherheit mehr brauchte, trank nichts und schlief tief.

Im Morgengrauen weckte ihn der Schrei einer Möwe auf dem Hausdach. Der Schrei drang ihm in die Magengrube, er wollte auffahren, aber dann lauschte er dem Schrei nach und war zufrieden, so geweckt worden zu sein.

Er schloß das Haus ab, ließ die Koffer auf dem Treppenabsatz stehen und gab die Schlüssel bei der Nachbarin ab. Als er das Gepäck holte, stieß er mit dem Metallkoffer gegen den Treppenpfosten. Er schwankte, zögerte, dann brach er mit einem fauligen Seufzer zur Seite weg. Dem zerbröckelnden Stumpf entströmte ein aufgeschrecktes, panisches Gewimmel, zerlief ungeordnet und schwarz in alle Richtungen. Von dem Holz ging ein penetrant süßlicher Geruch aus, der ihn bis zur Bahnstation verfolgte.

In Point Pleasant schob er das Abteilfenster herunter und lehnte sich hinaus. Niemand verließ den Zug, einige Leute stiegen zu. Auf dem Bahnsteig stand die Mutter mit den beiden Kindern aus dem Eiscafé. Er war enttäuscht, daß der Junge den Panamahut nicht trug und auf milde Weise eifersüchtig, als er sah, wie die Frau einen Mann umarmte. Dann stieg sie in einen Waggon vor seinem. Der Mann reichte den Kinderwagen hinein. Der Junge blieb Hand in Hand mit dem Mann auf dem Bahnsteig zurück.

In seinem Gedächtnis suchte er nach etwas. Er wußte, er hatte es schon einmal gefunden. Es strich an seinem Kopf vorbei wie eine Möwe am Strand, er spürte den Luftdruck des Flügelschlags, fast eine Berührung. Die Suche löste in ihm einen süßlichen, kaum erträglichen Reiz aus, dem geschlechtlichen Reiz knapp vor der Entladung ähnlich. Und plötzlich war es da. Er griff nach seiner Brieftasche, blätterte sie durch. Der Zettel fehlte. Er mußte herausgefallen sein, als er dem Mädchen das Geld gegeben hatte. Oder er hatte an dem Geldschein gehaftet, und das Mädchen trug ihn nun bei sich. Oder sie hatte ihn fortgeworfen.

Er lächelte und freute sich auf den Moment, wenn in Deutschland die Gepäckstücke am Flughafen aus der Tiefe aufsteigen würden und jeder nach dem griffe, was ihm gehörte.

Für Hilde Frye

Über das Glück

1.

Hat nicht jeder von uns hin und wieder seine – wie man sagt – guten Tage, an denen alles gelingt ohne Mühe, ohne Nachdenken, Tage, die uns in Schwerelosigkeit wiegen? Oder zumindest doch Minuten, in denen wir ohne Schrecken unserer selbst inne werden können? Vielleicht ist es auch nur ein huschender, blitzender Augenblick, den uns der morgendliche Spiegel, der oft so grausam sein kann, schenkt; ein Augenblick, in dessen Angesicht wir auf einmal zufrieden, in Frieden sind mit uns und den anderen und den seltsamen Korrespondenzen, die uns mit anderen verbinden; Augenblicke, die, würde man uns jetzt fragen «bist du mit deinem bisherigen Leben zufrieden?» ein uneingeschränktes «ja, das Ganze noch einmal» von uns zu hören bekämen.

Die einen freilich versuchen, das, was sie in diesen klaren Momenten persönlicher Ausgewogenheit waren (und sie waren es ja wirklich!), immer und immer wieder nachzuahmen und werden so zum Schauspieler ihrer selbst, ohne daß die Anmut des gewesenen Moments zurückkäme. Die anderen möchten ihr eigenes Ideal, das ihnen der Moment geschenkt hatte, verleugnen, weil sie sich ihm nicht gewachsen fühlen: ihr eigenes Ich, ihre Integrität, überfordert sie, der Moment der Balance wirft sie aus dem Gleichgewicht. Warum? Weil die Augenblicke, angesichts derer wir unser persönlichstes Angesicht zu erkennen fähig sind, eine geisterhafte Freiheit besitzen, zu kommen oder fernzubleiben wie sie wollen. Deshalb werden diese guten Tage, Minuten, Sekunden häufig doch fälschlicherweise als Glück oder Zufall abgetan. In Wahrheit ist aber alles andere, was in unserem Leben zu oder auf uns kommt, Glück oder Zufall. Jene Augenblicke sind nichts anderes als der Mensch selbst, der sich ins Auge sieht.

2.

Immerhin ist es kein Zufall, daß die Momentbelichtungen persönlicher Integrität oft mit dem Glück und dem Zufall verwechselt werden. Ungerufen und plötzlich nämlich kommen sowohl unsere Selbsterkenntnisse als auch die Momente des Glücks. Im pathetischen Spruch aber, daß seines Glückes Schmied ein jeder selbst sei, steckt ebenso wie im oberflächlichen Gerede vom «Glück haben» ein merkwürdiger Widerspruch zum innersten Wesen des Glücks. Denn Glück läßt sich sowenig schmieden, wie es sich haben läßt; es läßt sich auch nicht zwingen (der Hasardeur weiß das und handelt, ein Süchtiger des Glücks, ständig wider besseres Wissen) und längst nicht mehr herbeiwünschen (als das Wünschen noch geholfen hat, herrschten märchenhafte Zeiten, in denen Zeit eine ganz untergeordnete Rolle spielte). Vielmehr kommt es unerwartet, ungerufen auf uns zu. Es fällt uns zu im Moment.

Hier, im Nu, sind Glück und Zufall verschwistert, wenn auch wie unter Brüdern üblich auf widersprüchlichste Weise. Denn auch das Unglück lebt aus dem Zufall. Wer also vom Glück redet, darf vom Unglück als seinem dialektischen Gegenstück nicht schweigen, und wer vom Glück träumt, tut gut daran, hellwach zu sein im Unglück. Unmittelbar neben seinem persönlichen

Unglück, oft gar auf dem unsicher vulkanischen Boden dieses Unglücks, hat der Mensch sich nämlich kleine Gärten des Glücks angelegt. Ob man nun sein Leben mit dem Blick dessen betrachtet, der vom Dasein bloße Erkenntnis verlangt, oder dessen, der sich fügt, resigniert und nichts ändern zu können glaubt, oder dessen, der an überwundenen Schwierigkeiten sich freut, am Erfolg (und wissen muß, daß sein Erfolg stets der Mißerfolg eines anderen ist – aber über den Erfolg denken wir hier nur am Rande nach, denn Erfolg ist der lose Saum des Glücks), oder dessen, der weiß, daß er «forever young» sein wird und das Altern als freien Fall in die Selbständigkeit begreift, die Glück und Unglück bereithält: jeder dieser Blicke wird neben dem Unglück, das sein Leben konturiert, immer ein Glück wachsen sehen, und zwar um so kräftiger, je vulkanischer der Boden war. Die Interessen und Linien unseres Lebens sind so vielfältig miteinander verwoben, daß nicht selten der Trieb eines neuen Glücks bereits in uns keimt, wenn wir noch immer glauben zu leiden. Das will nun keinesfalls sagen, daß mit diesem Glück das Leiden gerechtfertigt sei. Es ist aber sein Humus und insofern auch etwas entscheidend anderes als das banale Pech einer verlorenen Brieftasche oder eines verpaßten Zuges. Es will vielmehr besagen, daß nichts so hoffnungslos ist, daß wir nicht Grund zu neuer Hoffnung fänden.

3.

Liegt nicht im Glück zuweilen mehr Zudringlichkeit als im Unglück, das, auch wenn's dicke kommt, immer bescheiden ist? Am deutlichsten wird das vielleicht in jenen undeutlichen Momenten, da wir plötzlich glauben, von einem leichten Flügelschlag berührt zu werden, oder doch von dessen Hauch, von einem diffusen Gefühl des Jetzt oder Nie, in vagen, in der Erinnerung aber schmerzhaft klaren Momenten, die sich im nachhinein als die verpaßten Chancen unseres Lebens entpuppen, entlarven (was demaskieren heißt), in Stunden oder Sekunden, da wir ein großes Glück ahnten, ja riechen konnten, es greifen konnten mit Händen, wie man in manchen Sommernächten die Sterne greifen kann – und doch ohnmächtig zusehen mußten, wie es verschwand, ohne sich ganz gezeigt zu haben, vielleicht gar ohne Eile, im Laufe der Zeit. Anders ausgedrückt: wie Witz und Schlagfertigkeit mancher Menschen nicht mit der Gelegenheit schritthalten, so daß die Gelegenheit schon von draußen winkt, während der Witz oder das richtige Wort noch auf der Treppe warten, so gibt es auch eine Art Treppenglück, das zu gemächlich daherkommt, um der flinken Gelegenheit, dem Augenblick, der ja das zeitliche Medium des Glücks ist, simultan zur Seite stehen zu können.

Das Beste, was von einem solchen Erlebnis der verpaßten Chance bleibt, fällt uns erst lange Zeit später zu, oft nur ein schwacher Duft, ein Parfum der Erinnerung, das Nostalgie weckt und Sentimentalität – als ob es möglich gewesen wäre, irgendwann in jenem fernen Augenblick das Leben und uns selbst mit einem spontanen Coup ganz auszuschöpfen. Nun aber ist es zu spät.

4.

Daß der eigene Wille sozusagen der Hammer in der Glücksschmiede Leben sei, ist ein tief und weithin verwurzeltes Vorurteil. Denn wenn das Glück lediglich in der Schicksalslinie des einzelnen läge, wäre es nicht zugleich der Ausdruck dafür, wie dessen Dasein ins Dasein derjenigen eingreift, die es umgeben und durchdringen. Es ist aber nichts weniger als der Ausdruck für den Eingriff des einzelnen in die Geschichte. Das uns zufallende Glück darf man, so gesehen, durchaus nicht als blindes Spiel des Zufalls beiseite schieben, ist es doch am Ende vielleicht der tiefste Ausdruck der unsichtbaren Korrespondenzen und Kontingenzen dieser Welt mit uns (und umgekehrt). So ist das Glück auch, nach Benjamins Wort, die Marotte der Geschichte, des Weltgeschehens und -gefüges. Es gleicht einem unsichtbaren Stempelkissen, auf das gelegentlich unser Ich gelegt wird, so sacht, daß wir's kaum ahnen, so nachdrücklich, daß der, welcher die Zeichen des Glücks zu lesen weiß, die Spuren, die das Kissen auf uns legte, mit geschlossenen Augen zu finden und deuten vermag. Denn die Aromen des Glücks sind so fein wie durchdringend.

Man sagt, daß Glück am Ende nur der Tüchtige habe. Das kann aber nicht heißen, daß zu Leistung, Fleiß, Tüchtigkeit und derlei Tugenden, die vom Zufall nichts wissen wollen, als krönende Belohnung sich schließlich noch das Glück geselle; das ist blanker Calvinismus. Es heißt vielmehr, daß man auch in Sachen Glück eine gewisse Tüchtigkeit entwickeln kann, eine Sensibilität für seine Zeichen und Aromen, eine neugierige Offenheit dem Zufall gegenüber. Wer jedoch dem Zufall die

Tür versperrt, weil seine vorausschauend geplante, nüchtern verwaltete Tüchtigkeit in strengster Kausalität sich vollziehen soll, der mag wohl ein tüchtiger, fleißiger, vielleicht erfolgreicher Mensch sein. Glücklich wird er nie, und sein Glaube an die normative Kraft des Kausalnexus ist womöglich der eigentliche Aberglaube.

In der Dauer eines Lebens liegt das Glück nämlich nie und nirgends, und der oft zu hörende Wunsch nach einem dauerhaften Glück entpuppt sich häufig genug als liebenswürdige Lebenslüge zusammen zufrieden altgewordener Ehepaare, die ihre ehrenwerte Zufriedenheit und das Versiegen ihrer Wünsche mit dem Glück verwechseln. Glück jedoch, wenn es sich darin gefällt, unseren Empfindungen und Wahrnehmungen einen seiner unangemeldeten Besuche abzustatten, ist seinem temporalen Wesen nach nicht nur temporär, sondern nichts anderes als das Gefühl, aus der Zeit zu fallen. Deshalb schloß Wittgenstein die scheinbare Banalität, daß die Welt des Glücklichen eine andere ist als die des Unglücklichen, mit diesem Satz kurz: «Wenn man unter Ewigkeit nicht unendliche Zeitdauer, sondern Unzeitlichkeit versteht, dann lebt der ewig, der in der Gegenwart lebt.» Die Fähigkeit, den Moment zu leben, als gäbe es nur diesen einen, macht das besondere Temperament derjenigen aus, die man als Schoßkinder des Glücks bezeichnet; ihnen ist das Glück zwar auch temporär, doch kommt es in endloser Folge.

5.
Es gibt, besonders bei seinen Schoßkindern, einen Übermut des Glücks, der sich nicht selten wie Boshaftigkeit ausnimmt. Im alten Märchen verkörperte sie jener Hans, der von einem Glück ins andere stolperte, in einem Märchen des 20. Jahrhunderts ein gewisser Gustav Gans, notorisch glücksverfolgter Counterpart seines ebenso notorisch unglücksverfolgten Cousins Donald Duck. Diese anthropomorphisierte Ente ist zwar ein wahrer Pechvogel; als Gärtner auf dem vulkanischen Boden seines ewigen Unglücks beweist er allerdings oft eine ans Genialische grenzende, traumwandlerisch glückliche Hand. In jedem Hans im Glück, in jedem Gustav Gans wohnt ein verborgenes Genie, das das Glück magnetisch anzieht, wie umgekehrt das Pech an den Unglücksraben kleben bleibt. Das Genie läßt sich aber nicht im Abstrakten finden, nicht in diesem kleinen Versuch über Glück, der, wollte er seinen Gegenstand erreichen, seinen Gegenstand unfehlbar verfehlte: das Glück ist unbeschreiblich. Und es kommt als Rendezvous: Zur richtigen Zeit am rechten Ort sein, wahrhaftig keine Kleinigkeit! Das heißt nämlich: die Sprache verstehen, in der sich das Glück mit uns verabreden will.

Jemand, der vor lauter tüchtigem Fleiß nie im Leben diese Sprache gehört hat und ihre Aromen und Nuancen nicht kennt, hat von der Genialität der Glückskinder allerdings überhaupt keinen Begriff. Ihm gilt alles als platter Zufall, und der ist ihm zutiefst suspekt. In einem einzigen Punkt aber wissen auch seine Stiefkinder viel vom Wesen des Glücks. Denn sie kennen es nur als abwesendes und machen so die Erfahrung, daß nicht wir das Glück «haben» und daß es nicht an uns ist, über das Glück zu verfügen.

Die geheime Genialität des Glücks jedoch ist Talent für die eigene Geschichte, das Leben, das Schicksal – in das ein Schoßkind des Glücks sich selten schicken muß. Der Sinn für Gelegenheiten und Begebenheiten, dieser einzigartige Blick für den Augenblick, der eben nicht darauf aus ist, Glück zu haben und zu halten, ist in Wahrheit ein divinatorischer, das heißt: vorhersehender Instinkt. Die alten Völker rechneten daher mit gutem Grund das Glück eines Menschen zu seinen Talenten. Was aber jemand wirklich ist, fängt erst an, sich zu verraten, wenn seine Talente nachlassen, wenn er aufhört mit dem zu prahlen, was ihm von leichter Hand glückt. Daß Kinder noch grenzenlos in vielen Richtungen talentiert und in der Grenzenlosigkeit glücklich sein können, verweist auf den Zusammenhang. Das Talent ist, in Nietzsches glücklichem Bild gesprochen, bloß Schminke. Darunter liegt, ein faltiges Gesicht, das Leben, in dem das Glück mit dem Willen, der ihm immer vergeblich nachjagt, am allerwenigsten zu schaffen hat.

Und doch, uns bleibt eine Art divinatorischer Lust, die dem, der sich ihr hingibt, das Alphabet des Glücks zu lehren vermag. Die Schule, in der nichts als dies Alphabet auf dem Lehrplan steht, hat drei ineinandergeschachtelte Klassenzimmer, in denen täglich aufs neue mit dem Zufall experimentiert wird: Das Spiel. Die Kunst. Die Liebe.

Postskriptum

Was ist mein Schrieb an Neuerung so leer,
so arm an Wechsel und Experiment?
Was schiel ich mit der Mode nicht mal mehr
nach den Motiven, die noch keiner kennt?

Was schreib ich immer noch den gleichen Stil
und sperr Erfindung in ein festes Netz,
daß jedes Wort verrät sofort sein klares Ziel,
nennt meinen Namen, seine Herkunft und Gesetz.

Weißt Du, Geliebte, alles gilt nur Dir,
Du und die Liebe seid mein Alphabet;
ich setze alte Worte aufs Papier,
schreib wieder auf, was schon geschrieben steht.

Die alte Sonne scheint neu jeden Tag,
und so ist längst gesagt, was ich hier sag.

(Shakespeare: Sonett # 76 – deutsch von K. M.)

Neue deutsche Literatur

Georg Heinzen / Uwe Koch
Von der Nutzlosigkeit erwachsen zu werden
(rororo 12459)
«Georg Heinzen und Uwe Koch ist die bislang treffendste Darstellung der siebziger Jahre und ihrer Folgen gelungen. Wer das Buch für ein gelungenes Kabarettstückchen hält, ist dem Wortwitz, der Situationskomik, der Selbstironie, den Stilmitteln der Autoren auf den Leim gegangen.» Der Spiegel

Georg Heinzen
Ich bin ein Krokodil und du hast Angst *Roman*
(rororo 12868)
«Kino, Fernsehen, Radio, Video, Sensationspresse: in Georg Heinzens Buch hat sich die Welt in die Medien zurückgezogen, ist alles nur noch ‹fiction›, jede Aufregung nur ‹suspense›.» Helmut Schödel im Norddeutschen Rundfunk

Thommie Bayer
Das Herz ist eine miese Gegend
Roman
(rororo 12766)
Drei verrückte Typen und eine schöne Frau rudern ums Überleben durch die Brandungswellen der sechziger, den Seegang der siebziger und die stillen Wasser der achtziger Jahre. Die Geschichte einer großen Liebe, einer großen Freundschaft, von Träumen und Verwicklungen zwischen Menschen, die Phantasten, doch zugleich auch Realisten sind.

rororo Literatur

Klaus Modick
Das Grau der Karolinen *Roman*
(rororo 12938)
Eine fast detektivische Geschichte über die geheimnisvollen Wirkungen eines Gemäldes auf seine verschiedenen Besitzer. «Klaus Modicks großer und schöner Roman ist ein Buch, das durchaus etwas zu bieten hat: eine Geschichte, die spannend ist und noch spannender wird; Poesie und sprachliche Schönheit; Einfühlsamkeit und, nicht zuletzt, eine die Zeiten übergreifende Nach-Denklichkeit.» Norddeutscher Rundfunk